*Melhores Contos*

Aluísio
Azevedo

Direção de Edla van Steen

 Melhores Contos

Aluísio Azevedo

Seleção de
Ubiratan Machado

São Paulo
2008

© Global Editora, 2008
1ª EDIÇÃO, GLOBAL EDITORA, SÃO PAULO 2008

Diretor Editorial
JEFFERSON L. ALVES

Gerente de Produção
FLÁVIO SAMUEL

Coordenadora Editorial
RITA DE CÁSSIA SAM

Revisão
LUCAS CARRASCO
ARLETE SOUSA

Capa
EDUARDO OKUNO

Editoração Eletrônica
ANTONIO SILVIO LOPES

Dados Internacionais de Catalogação na Publicação (CIP)
(Câmara Brasileira do Livro, SP, Brasil)

Azevedo, Aluísio, 1857-1913.
   Melhores contos Aluísio Azevedo / seleção de Ubiratan Machado. – São Paulo : Global, 2008. – (Coleção Melhores Contos).

   ISBN 978-85-260-1278-3

   1. Contos brasileiros I. Machado, Ubiratan. II. Título. III. Série.

08-04442   CDD-869.93

Índice para catálogo sistemático:
1. Contos : Literatura brasileira   869.93

Direitos Reservados
GLOBAL EDITORA E DISTRIBUIDORA LTDA.
Rua Pirapitingüi, 111 – Liberdade
CEP 01508-020 – São Paulo – SP
Tel.: (11) 3277-7999 – Fax: (11) 3277-8141
e-mail: global@globaleditora.com.br
www.globaleditora.com.br

Colabore com a produção científica e cultural.
Proibida a reprodução total ou parcial desta obra sem a autorização do editor.

Nº DE CATÁLOGO: **2764**

Ubiratan Machado, carioca da Tijuca, é jornalista, escritor e tradutor. Por obrigação profissional e/ou por prazer viajou por todo o Brasil, conhecendo cerca de 1.200 cidades, e por uns 40 países das Américas, Europa, Ásia e África. Publicou 13 livros, entre os quais *Os intelectuais e o Espiritismo, Machado de Assis: roteiro da consagração, A etiqueta de livros no Brasil* e *Bibliografia machadiana 1959-2003*. Em 2006, recebeu a medalha João Ribeiro, da Academia Brasileira de Letras, por serviços prestados à cultura brasileira.

OS CONTOS DE ALUÍSIO AZEVEDO: ENTRE O REALISMO E O NATURALISMO

Quando publicou seus contos, Aluísio Azevedo já estava consagrado como o maior representante do Naturalismo no Brasil. Romancista até a cutícula, o conto foi uma experiência da maturidade, na qual o escritor talvez buscasse se renovar e reativar o interesse pela literatura, às vésperas de encerrar a carreira, por cansaço, revolta, tédio ao ofício. Escrever se tornara um martírio. Em cerca de quinze anos de atividade como escritor, perdera o ímpeto e até a persistência, combustível com o qual alimentara sua incansável produção. Ela lhe dera renome e alegrias, mas também desencanto e contrariedades. Um contraste permanente, que marcou sua carreira desde o início.

A estréia foi estimulante. Publicada aos 22 anos, *Uma lágrima de mulher* (1879), obra romântica, tingida de sentimentalismo e cerzida com a linha do folhetim, fez sucesso entre os leitores maranhenses. O jovem romancista se tornou um dos nomes do dia. A festa durou pouco. Logo se indispôs com os conterrâneos. *O mulato* (1881), romance de denúncia social, remexia feridas muitos sensíveis na vida da província, que todos conheciam, defendiam ou fingiam ignorar: o preconceito racial e a atuação nefasta do clero provinciano. Padres e beatas se revoltaram e iniciaram uma guerra sem tréguas ao seu adversário. São Luís passou a hostilizar o escritor. Tornou-se um amaldiçoado. Impossível permanecer na cidade. Em compensação, exaltado pelos maiores críticos do país, classificado por Urbano Duarte como "romancista ao norte", *O mulato* lhe abria boas perspectivas de vida e carreira na Corte.

No Rio de Janeiro, Aluísio entregou-se furiosamente às letras. Escreveu romances, crônicas, peças teatrais, contos. Teve triunfos e desgostos. Produziu grandes livros, excepcionais mesmo, dentro da literatura brasileira da época, nos quais o molde naturalista, importado da França e coado por meio da prosa mágica de Eça de Queiroz, se abrasileirava pelo estilo, pela temática, pela visão do mundo. Estamos nos referindo a *Casa de pensão* (1884) e *O cortiço* (1890), que o confirmaram como o grande nome do Naturalismo brasileiro.

Entre essas duas obras, produziu outros romances, desiguais na ambição e na realização. Uns, escritos com finalidade meramente comercial, como *Filomena Borges* (1884), agradavam ao público, mas deixavam o autor frustrado. Outros, mais ambiciosos, não corresponderam inteiramente aos planos do escritor. É o caso de *O coruja* (1887), estudo psicológico, e de *O homem* (1887), análise de um caso de histeria, romance em que Aluísio seguiu com mais fidelidade as receitas do Naturalismo. Neles, o escritor renunciava às suas qualidades mais brilhantes, a capacidade de movimentar massas, o equilíbrio entre o pessoal e o social, a criação de personagens vivas, vivas quando integradas a uma coletividade, mas que se tornavam apenas convencionais se submetidas a uma análise psicológica ou com pretensões médico-científicas.

Foi nessa fase, final dos anos 1880 e década de 1890, que escreveu a maior parte de seus contos. Antes, havia publicado na imprensa apenas quatro trabalhos no gênero, com um imenso espaço entre um e outro: dois em 1882, um no ano seguinte e outro em 1884, sem maiores ambições, como era quase regra entre os naturalistas. No Brasil, os discípulos de Zola só tinham olhos para o romance, a suprema miragem literária. Escrever contos era atividade circunstancial, como se comprova pela obra dos principais representantes da escola. Inglês de Sousa deixou apenas um volume de contos. Adolfo Caminha nem ao menos reuniu seus trabalhos em volume. Os autores menores (Júlio Ribeiro, Horácio de Carvalho, Canto e Melo, Marques de Carvalho, Batista Cepelos) praticamente não escreveram contos. A exceção fica por conta do precursor Tomás Alves Filho e de Faria Neves Sobrinho, com o excelente *O hidrófobo*.

Esse desinteresse ocorria em uma das fases mais ricas do conto brasileiro – a mais rica até então –, considerando-se sobretudo a produção excepcional de Machado de Assis. Apresentados nas principais revistas e jornais da época, os contos machadianos constituíam uma espécie de renascimento do gênero, meio esquecido depois da floração romântica, mas sobretudo um clímax, uma obra sem paralelo na literatura brasileira e, pela sua qualidade, originalidade e visão da vida e do mundo, na literatura universal.

Não há dúvida de que os contos de Machado incentivaram o interesse pelo gênero. *Histórias sem data* foram publicadas em 1884, quando os naturalistas já se encontravam na arena, sem demonstrar maior atração pelo conto. Machado continuou publicando seus trabalhos na imprensa, mas só os reuniu em um novo livro, *Várias histórias* (1896), quando o Naturalismo estava em plena decadência.

Num segundo plano, havia uma abundante equipe de escritores de qualidade, sem o talento do autor carioca, mas que seguiam rumos próprios, abrindo caminhos inéditos à história curta brasileira: Coelho Neto, Julia Lopes de Almeida, Artur Azevedo, João Ribeiro, Domício da Gama, que logo iria se juntar a Aluísio Azevedo.

Versátil e volúvel, o contista Aluísio Azevedo revela facetas estranhas ao romancista: um lirismo meio envergonhado, uma vaga nostalgia da juventude, sem abrir mão da atitude crítica e de combate que sempre manteve em relação à sua terra, certa preocupação com a passagem do tempo e a fugacidade da vida e um humor irreverente que, de certa forma, o aproxima do irmão, Artur Azevedo. O pessimismo, tão forte nos romances, persiste, mas esmaecido. O escritor parece mais atento ao mundo e menos preocupado com escolas e teorias literárias. Menos preocupado em impressionar. Pelos temas, como pelo tratamento, revela-se mais realista do que naturalista, com laivos de Romantismo.

Consciente de seu ofício, domina com facilidade a técnica do conto, envolvendo o leitor com a mesma força e sensação de vida presentes em seus romances, independentemente da qualidade estética.

A maior parte dos contos se desenrola na Corte, alguns no Maranhão, outros em locais não especificados. Temas e motivos variam. O contista está de espírito aberto a todas as sugestões. Exercita-se no fantástico, alinha páginas de reminiscências em forma de ficção, explora situações típicas do Naturalismo, seu Naturalismo peculiar, no qual a crueza ou dureza das cenas não esconde o fundo romântico.

O naturalista afirma-se, sobretudo, em quatro contos. "Vícios" narra o processo de autodestruição de um jovem, pressionado pela hereditariedade e o exemplo familiar, uma das primeiras obras da literatura brasileira a tratar da dependência tóxica, no caso a morfina. O contundente "Heranças", um conflito de gerações, à sombra da herança genética, desenvolve-se conduzido por um excelente diálogo, no qual Aluísio exercita suas qualidades de dramaturgo.

"Polítipo" é a história de um desajustado, parente espiritual do personagem principal de *O coruja*, de quem foi uma espécie de antecessor e, talvez, esboço. O conto saiu na imprensa em 1882, cinco anos antes da publicação do romance. Análise de um caso de histeria, "Músculos e nervos" apresenta reminiscências da obra de romancista. A personagem principal, dona Olímpia, descende da Magda de *O homem*, como, aliás, todas as histéricas do Naturalismo brasileiro. Uma curiosidade: o final lembra a cena inicial da peça *Beijo no asfalto*, de Nelson Rodrigues.

"Último lance" trata de um tema caro a realistas e naturalistas, muito explorado à época: a paixão pelo jogo, levando o homem à degradação. Aluísio encontrou uma solução original para o assunto.

O fantástico está presente em "Demônios", que lembra Maupassant, e em "O impenitente", cujo personagem principal é "um bom homem e um mau frade" que viola os juramentos de castidade sem nenhum remorso. O problema do celibato clerical, assim como os conflitos decorrentes, volta a ser tratado em "Inveja".

Quando publicou "Insepultos" na imprensa, Aluísio vivia talvez a crise espiritual mais grave de sua vida. Nada mais natural que, tratando do reencontro de um homem maduro com a namorada de sua adolescência, envelhecida e cansada, refletisse sobre a precariedade da vida e a ação implacável do tempo.

Velhas ou jovens, histéricas, maliciosas ou fantasistas, as mulheres ocupam sempre o primeiro plano. O escritor, que toda a vida demonstrou simpatia por elas, não as condena nem as perdoa. Procura compreendê-las. Sem julgamentos. Nem anjos, nem feras. Apenas criaturas às voltas com a opressão social, os hábitos hipócritas da decadente sociedade patriarcal, os problemas de seu temperamento e fisiologia (palavra muito em moda à época), mas capazes de deixar os homens aturdidos quando libertam sua feminilidade recalcada ("Das notas de uma viúva") ou reivindicam o simples e humano direito de amar ("Fora de horas").

O contista ama as mulheres, mas nada tem de ingênuo. Estima-as, mas não acredita nelas. Conhece bem as suas manhas, astúcias e esperteza. Quase sempre se delicia com elas, como em "O madeireiro", mas em outras situações não revela a mínima simpatia ("Como o demo as arma"), quando não expressa uma declarada e franca hostilidade ("A serpente"). Pessimista em relação à mulher, não demonstra a menor tolerância pelo egoísmo masculino ("Pelo caminho") nem, obviamente, pela vida em comum, o que se expressa em "Resposta".

A malícia feminina comanda ainda as ações em "Aos vinte anos" e "Uma lição", que lembram (sobretudo o segundo) os alegres contos medievais em que se satirizava a esperteza feminina para exaltá-la às custas da ingenuidade, arrogância e pretensão masculinas.

Esse narrador alegre, quase cínico, daquele cinismo sadio que nos liberta da hipocrisia e das convenções imbecis, revela-se ainda em outras histórias, sem mulheres e sem malícia. Apenas alegres e bonachonas, como "O macaco azul", na realidade uma anedota espichada.

A lembrança da província, com certo saudosismo, aparece em "No Maranhão", no qual renasce o ressentimento contra a burguesia provinciana, interessada apenas no dinheiro, em choque com os ideais artísticos. Uma página autobiográfica e bem significativa.

Nesses 20 contos resume-me a obra de Aluísio Azevedo no gênero. O escritor reuniu-os em dois livros. *Demônios*, formado por 12 trabalhos, saiu em 1893. Quatro anos depois, publicou seu segundo e último volume de histórias curtas, *Pégadas*, reunião de 15 contos, dos quais sete são reproduzidos do primeiro livro. O presente volume encerra, pois, não apenas os melhores contos de Aluísio Azevedo, mas sua obra completa no gênero.

Os críticos discutem muito sobre as qualidades de tais contos e qual o mais significativo. Durante muito tempo, "O madeireiro" foi o preferido, incluído em todas as antologias do conto brasileiro. Mais tarde, foram revalorizadas peças como "Heranças" e "A serpente". Nada definitivo. Apenas um julgamento ou uma preferência, portanto falíveis por natureza. Sem deixar de reconhecer a qualidade desses trabalhos, o leitor que gosta de julgar pelas suas emoções e pela sua cabeça tem muitas opções, se desejar eleger um favorito. Arrisco, sem imposição dogmática, "Último lance" e "Fora de horas". A escolha é livre. E muito prazerosa.

Vida e obra de Aluísio Azevedo

Um escândalo. Cansada de ser humilhada pelo marido, dona Emília Amália Pinto de Magalhães abandona a casa, com a filha, afrontando a terrível e hipócrita moral da sociedade maranhense. Não suporta mais aquele homem grosseiro, sempre com um palavrão na boca, que, a partir de certa época, passara a se exibir pelas ruas de São Luís com a amante, uma escrava negra. Acolhida por uma família sem preconceitos, dona Emília sofre todo tipo de perseguição. Até doces envenenados lhe são enviados, em nome das poucas amigas que lhe restam. Execrada, não se entrega, passando a trabalhar como costureira, praticamente sem sair de casa. O calvário dura cerca de quinze anos.

Em meados da década de 1850, na faixa dos 35 anos e já com a filha casada, dona Emília passa a viver com o português David Gonçalves de Azevedo, viúvo com cerca de 40 anos de idade. Não fosse o prestígio do companheiro na colônia lusitana e nos meios comerciais – presidente do Gabinete Português de Leitura e vice-cônsul de Portugal –, e a união por certo seria desfeita. As pressões sociais são intensas. Cochichos, olhares hostis, gestos de repúdio. Nada abala o amor profundo do casal, instalado num sobrado da rua do Machado, de onde dona Emília raramente sai e que logo começa a se encher de filhos, obrigando a família a se mudar para a rua do Sol, uma bela casa azulejada, com um mirante com vista para a baía de São Marcos. O primogênito, o futuro escritor Artur Azevedo, nasce em 1855. Dois anos depois, no dia 14 de abril de 1857, vem ao mundo Aluísio Tancredo de Azevedo. Nasceram ainda mais três filhos (um menino e duas meninas), reconhecidos pelo pai em 1864, após a morte do marido legítimo de dona Emília, mas sem que o casal oficializasse a união pelo casamento.

A infância e a primeira mocidade de Aluísio mostram uma pessoa resoluta, sensível e com agudo senso de liberdade. Muito crítico. E, com freqüência, rebelde e irreverente. Excelente nadador, exímio remador, adora a água. Prefere brincar, sobretudo na praia, a freqüentar as aulas do Liceu Maranhense. Não quer nada com o estudo, considerado o pior aluno da classe.

Abre exceção, no entanto, para as aulas de desenho e pintura do professor Domingos Tribuzzi, um italiano que fora dar com os costados em São Luís. Ser pintor torna-se o ideal do garoto, contrariando o desejo paterno de encaminhá-lo para o comércio. E assim se faz.

Ainda adolescente, começa a trabalhar com um despachante alfandegário, atividade pela qual sente imensa aversão. Vinga-se à sua maneira. Olavo Bilac conta que "em vez de aviar os despachos, caricaturava os empregados da alfândega em pedacinhos de papel que corriam a cidade. Com as caricaturas apareciam sátiras em verso", irritando os colegas e criando ao seu redor um clima de ódio e antipatia.

Um dia, manda o emprego às urtigas, resolvido a dedicar-se às artes. Mas a situação da família não permite que deixe de trabalhar. Exerce então funções como guarda-livros, professor de gramática e de desenho, enquanto se aperfeiçoa na arte da pintura. A vocação pela literatura se firma lá pelos 17 anos, quando começa a escrever.

Logo se cansa da província. Artur já havia trocado o Maranhão pelo Rio de Janeiro, onde começa a se equilibrar economicamente. O exemplo do irmão é um convite e um desafio. Resolve enfrentá-lo. Assim, em 1876, com uns minguados mil réis e alguma coragem, Aluísio se muda para a Corte.

Experiência no Rio de Janeiro

A vida não é fácil, mas o rapaz está disposto a vencer. Matricula-se na Imperial Academia de Belas-Artes e logo se torna um caricaturista profissional. A imprensa carioca fervilha de publicações ilustradas. Aluísio colabora em alguns dos jornais mais importantes da cidade: *O Figaro, O Mequetrefe, Semana Ilustrada* e *Comedia Popular.* Artur Azevedo incentiva-o, tentando repartir com o irmão um pouco do êxito que obtém como autor teatral. Quando sua peça *A filha de Maria Angu* completa 100 apresentações, aclamado pelo público, Artur leva o irmão ao palco e diante da platéia curiosa exclama: "Apresento ao generoso público fluminense Aluísio Azevedo, irmão do pai da filha de Maria Angu". Aplausos, vivas.

As coisas começam a engrenar, quando, em agosto de 1878, chega de São Luís a notícia de que o pai acabara de falecer. Um dos irmãos tinha de ir ao Maranhão, cuidar do inventário, tratar dos interesses da família, olhar pelas irmãs, menores de idade, e pela mãe.

Artur, funcionário público, cheio de compromissos, não pode deixar a Corte. Aluísio retorna ao Maranhão. Mas custa a se readaptar. A monotonia da província o irrita, apesar das aventuras amorosas. Passa a escrever então de maneira sistemática. Sente-se fascinado sobretudo pelo romance. Após alguns meses de trabalho, termina sua primeira obra no gênero, que, ao gosto romântico da época, intitula

Uma lágrima de mulher. O livro agrada ao público, mas sua fragilidade é evidente. Aluísio sente que pode fazer algo muito melhor. Falta apenas um tema. Lê muito, estuda, reflete. O janota anticlerical, sempre trajado na última moda e zombando dos padres e das beatas, temido pela sociedade, começa a descobrir seu caminho. A revelação surge como um raio. A leitura de Eça de Queiroz, recomendada por Celso de Magalhães, é um deslumbramento. Devora *O crime do padre Amaro* e *O primo Basílio* como quem ingere um fortificante contra a sociedade maranhense.

Dizem que, inspirado no drama de Gonçalves Dias, impedido de casar com a jovem que amava por ser mestiço, Aluísio planeja adaptar a história à época, denunciando o racismo da sociedade maranhense e mostrando a ação deprimente exercida pelo clero. Enquanto trabalha na obra, colabora na *Pacotilha*, jornal de jovens, de orientação anticlerical.

Em junho de 1881, *O mulato* sai do prelo. Mil exemplares vendidos em pouco tempo. Uma consagração. A imprensa da Corte elogia a obra. Sílvio Romero, Araripe Júnior, Capistrano de Abreu, muitos outros críticos e jornalistas reverenciam o novo romancista. No Maranhão, a única notícia é veiculada por *A Civilização*, jornal de orientação católica, que recomenda ao jovem romancista "fechar os livros, ir plantar batatas e jurar com o antigo rifão: abraçou o asno com a amendoeira/e acharam-se parentes".

O livro indigna a sociedade maranhense. Domingos Barbosa, contemporâneo de Aluísio, conta que vários personagens do romance apresentavam "flagrantes semelhanças com personalidades importantes de São Luís e que eram indicadas, em voz alta, por toda a gente, o que aumentava ainda mais a irritação, já reinante com a dos modelos apontados". Velhas amizades rompem com a família Azevedo. A permanência do escritor em São Luís se torna inviável. Em setembro embarca para o Rio de Janeiro.

Escritor profissional

Na Corte, vai morar em casa de Artur, já casado, no bairro de Laranjeiras. Está disposto a viver apenas de escrever. Não é fácil. As decepções se sucedem, o dinheiro não dá para nada. Mas insiste. Em *A Gazetinha*, dirigida pelo irmão, começa a publicar um romance folhetim intitulado *Memórias de um condenado*. O público gosta e envia cartas ao jornal, aplaudindo ou protestando. Editada em livro, a obra ganha mais tarde um novo título: *A condessa Vésper*. O gênero folhetim pode não ter grande valor, mas serve para o escritor adestrar a mão e ganhar dinheiro. Assim, em *Folha Nova*, começa a publicar um novo romance, explorando acontecimentos misteriosos ocorridos na Tijuca. Intitula-se *Mistérios da Tijuca*. Ante a recepção popular, o editor B. L. Garnier lança o romance em livro, com o subtítulo explicativo: "Literatura *au jour le jour*". Na segunda edição, a obra passa a se chamar *Girândola de amores*.

Aluísio escreve, escreve, escreve, mas sempre insatisfeito. Essas duas obras representam um evidente retrocesso diante de *O mulato*. O escritor aspira à coisa mais alta. Então, lembra-se de um crime famoso, envolvendo os moradores de uma pensão. *Fiat lux*. E a luz se fez. A partir de 1883, em *Folha Nova*, começa a publicar o romance, cujos personagens ainda estão vivos na memória popular. Um *roman à clef*. O público acompanha com avidez os capítulos de *Casa de pensão*. O sucesso se repete em livro. A primeira edição se esgota de imediato, logo seguida por mais duas.

O êxito do livro estimula o escritor a tentar o teatro. Em parceria com o irmão, escreve uma opereta em três atos, calcada numa obra francesa. Intitula-se *A flor de lis*. O tema e o tratamento, um tanto livres, provocam protestos. O mais desagradável vem com a atitude do imperador. Chocado com o espetáculo, D. Pedro II abandona o teatro no fim do primeiro ato.

A carreira de romancista é menos acidentada. Atendendo a um convite da *Gazeta de Notícias*, Aluísio desenvolve um novo romance, *Filomena Borges*. Êxito estrondoso. Aproveitando a ocasião, adapta a obra ao teatro, uma comédia leve e espirituosa que encanta o público.

O sucesso popular não tranqüiliza o escritor, sempre insatisfeito e com o dinheiro curto. Idealiza um emprego, sem maiores exigências, desde que, segundo sua própria expressão, "eu não tenha de fabricar *Mistérios da Tijuca* e possa escrever *Casa de pensão*".

Enquanto essa hora não chega, trabalha em um novo romance, francamente naturalista, um caso de histeria, analisado com pretensões quase clínicas. Emilio Rouède conta que "o nosso romancista estudou conscientemente os pormenores mais delicados da histeria, cercando-se dos autores que discutem a moléstia e consultando os médicos mais entendidos na matéria". Mas literatura não é ciência e o resultado decepciona. *O homem* é um livro falso, apesar de algumas cenas fortes, que mostram o punho do romancista autêntico.

Boêmio sem entusiasmo

O conhecimento do barão, depois visconde de Barra Mansa, é um oásis na vida de Aluísio. Homem extravagante, João Gomes de Carvalho detesta a solidão e adora festas. Fazendeiro rico, costuma organizar saraus domésticos, para os quais convida os jovens escritores e jornalistas: Olavo Bilac, Guimarães Passos, Paula Nei, o sinistro Rocha Alazão, o rei da facada. Facada no sentido de pedir dinheiro emprestado, que nunca será pago. Convidado, Aluísio passa a freqüentar o palacete das Laranjeiras, chegando a permanecer ali alguns dias, aproveitando a excelente mesa e os vinhos finos do barão. É uma recompensa e um alívio à sua árdua vida de trabalho. Mora em um pequeno cômodo de um prédio do campo de Santana, barulhento e sem nenhum conforto, mobiliado com mesas e cadeiras baratas, sobre as quais se espalham livros e peças de roupa.

Coelho Neto convida-o então a morarem juntos, dividindo o aluguel. Ocupam um andar inteiro na rua Formosa: duas salas, duas alcovas e um mirante sobre o telhado. Para os dois rapazes parece um palácio. A tranqüilidade dura pouco. Certa madrugada, a casa é invadida pela turma de boêmios, comandada por Paula Nei, que fazem uma arruaça dos diabos. Ninguém mais consegue dormir. Aluísio, que suporta essas farras sem aprová-las, vê-se obrigado a se mudar.

A vida boêmia não o atrai. Disciplinado, acordando todos os dias às seis horas da manhã, Aluísio pensa sobretudo em sua obra, enquanto o desejado emprego não vem. Seguindo os métodos de Zola, procura conhecer na intimidade os ambientes e personagens que descreve. Rouède conta: "Um dia o vi assentado à mesa com um velho e célebre ex-capoeira, que em algum tempo dirigiu as eleições aqui, muito empenhado em ouvi-lo descrever uma eleição em que tomaram parte o visconde do Rio Branco e o senhor conselheiro Otaviano Rosa; e, terminada a narração, vi-o partir de carreira para escrever as notas do que acabava de ouvir".

Em outra ocasião, muda-se para um cortiço, adotando os hábitos e trajes modestos de seus moradores. Um belo dia, encontra-se na rua do Ouvidor, vestido com seu habitual apuro, quando é visto por um temível capoeira, residente no mesmo cortiço. O homem encara-o, com ar de desafio, desconfiado por certo que Aluísio fosse um policial. O escritor nunca mais põe os pés no cortiço.

Já reunira material suficiente para o livro. Quando as personagens começam a se impor ao criador, Aluísio costuma desenhá-las, deixando-as sobre a mesa de trabalho. De vez em quando, puxando a fumaça de seu cachimbo, olha para elas, como se inspirando. Em paralelo à atividade de romancista, dedica-se ao teatro, estimulado talvez pelo sucesso do irmão. Sozinho, ou em parceria com Artur ou Emilio Rouède, escreve várias peças (*Macaquinhos no sótão, Venenos que curam, O caboclo, Um caso de adultério, Em flagrante*), que agradam, mas nem de longe alcançam a repercussão de seus romances.

Este é o seu destino e a ele retorna sempre. Em meados de 1885, começa a publicar em folhetim uma nova obra no gênero, *O coruja*, a história de um homem tímido, que nunca consegue vencer, no qual alguns vêem a caricatura de Capistrano de Abreu. O livro é considerado falho, mas – precariedade dos julgamentos humanos – Alcides Maia acha que "esta criatura de arte, que roça pelo símbolo, não tem rival no romance brasileiro".

Em meio à batalha diária, em junho de 1888, chega de São Luís a notícia da morte da mãe. Entrevada há alguns anos, dona Emília Amália passava os dias numa poltrona de pelúcia, colocada na varanda coberta por trepadeiras. A morte deve ter sido bem-vinda.

Saturado de literatura

Com pouco mais de 30 anos, o escritor encontra-se no auge de suas qualidades artísticas. Planeja, então, à maneira de Émile Zola, traçar um amplo panorama da sociedade brasileira, que batiza de "Brasileiros antigos e modernos". O ciclo seria formado por cinco romances, o primeiro dos quais é *O cortiço*.

Lançado no início de abril de 1890, *O cortiço* provoca rebuliço na Corte. Elogios desmesurados, censuras ásperas. Acima das opiniões divergentes, todos reconhecem em Aluísio o chefe incontestado do Naturalismo no Brasil. Apesar do êxito do livro, não prossegue o plano. "Brasileiros antigos e modernos" morre no nascedouro. O escritor continua alternando o excelente com obras escritas apenas para angariar dinheiro. Assim, depois de *O cortiço*, sua obra-prima, publica em folhetins na *Gazeta de Notícias*, sob o pseudônimo de Vitor Leal, o romance *A mortalha de Alzira*, uma queda vertiginosa em relação ao romance anterior.

Prestigiado pelo público e elogiado pelos colegas, a vida particular de Aluísio pouco muda. Mas a esperança de um emprego que o livre da literatura está sempre presente. Em 1890 parece que o sonho vai se realizar. Nesse ano é nomeado pelo governador do Estado do Rio de Janeiro, Francisco Portela, funcionário da Secretaria de Negócios do Governo, em Niterói. Um mês depois, Portela cai e, com ele, Aluísio. Continua vivendo com dinheiro contado, tendo de se desdobrar em colaborações para a imprensa para sobreviver. Reúne seus contos no volume *Demônios* e lança um novo romance, *Livro de uma sogra*.

Começa a demonstrar sinais de estar saturado da obrigação de escrever para sobreviver. Desabafa com Graça Aranha, que o aconselha a se candidatar ao cargo de cônsul, no Ministério do Exterior. Aprovado com distinção, é nomeado vice-cônsul do Brasil em Vigo, no dia 30 de dezembro de 1895.

Adeus à literatura

O ingresso na diplomacia muda a vida de Aluísio. Longe do Brasil, do ambiente que o inspira, abandona a literatura. Romances, nunca mais. Os primeiros tempos de desterro são duros. Vigo, um "formoso rochedo", é uma decepção. Sente-se angustiado e solitário. A rotina não lhe agrada. Quase todos os dias tem de subir a bordo de navios que conduzem emigrantes espanhóis para o Brasil, comprovar a saúde deles, verificar documentos. Enche o tempo escrevendo cartas aos amigos e ao mano Artur. Sempre se queixando.

Afinal, dois anos depois, é nomeado vice-cônsul em Yokohama. Viagem acidentada que quase termina em naufrágio. Chega ao Japão insatisfeito, reclamando o cargo de cônsul, a que tem direito. Mas permanece apenas vice-cônsul. Uma notícia do Brasil lhe traz um pouco de alegria: acaba de ser escolhido como um dos fundadores da Academia Brasileira de Letras.

Ao contrário da Espanha, o Japão deixa-o deslumbrado. Descobre também os encantos da mulher japonesa. Da descoberta à vida em comum é um salto. A jovem Sato lhe revela um tipo de mulher muito diferente da ocidental. O escritor apaixonou-se? Talvez, pois durante muito tempo manteve em seu escritório o retrato dela.

Encontra-se adaptado ao Japão, começa mesmo a escrever um livro sobre a terra dos samurais e das gueixas, quando chega o comunicado de sua transferência para La Plata. Passa então pelo Rio de Janeiro, revendo os velhos amigos. No início, a Argentina não lhe agrada. Sente um clima de hostilidade contra os brasileiros.

Afinal, em 1903 é promovido a cônsul de segunda classe. No novo cargo, é removido para Salto, no Uruguai, onde permanece por pouco tempo. O próximo destino é Cardiff, na Inglaterra. Já ao desembarcar implica com os ingleses, que considera frios e arrogantes. Sonha com novas terras. Em 1906, nomeado cônsul em Nápoles, fica feliz. A Itália sempre fora uma grande admiração.

Aluísio mora na parte mais elegante da cidade, com vista para o Vesúvio, em companhia de D. Pastora Luquez, uma senhora argentina que conhecera havia dez anos, e seus dois filhos, Pastor e Zulema, que adota como se fossem seus. A vida é doce, aliás agridoce. Em outubro de 1908, recebe um telegrama do Rio que o enche de tristeza. O mano Artur acaba de morrer, com apenas 53 anos.

Depois de quinze anos de carreira, em 1910, é promovido a cônsul de primeira classe, em Assunção. De passagem pelo Rio, revê os amigos mais uma vez. Em todos, deixa a mesma impressão: um entediado da vida, sombrio, com longas crises de depressão. Mas sente-se em casa no Paraguai, onde recebe a notícia de sua nomeação como adido comercial "com jurisdição sobre as repúblicas do Prata e do Chile". Muda-se então para Buenos Aires, onde falece em 21 de janeiro de 1913.

CONTOS

DEMÔNIOS

O meu quarto de rapaz solteiro era bem no alto; um mirante isolado, por cima do terceiro andar de uma grande e sombria casa de pensão da rua do Riachuelo, com uma larga varanda de duas portas, aberta contra o nascente, e meia dúzia de janelas desafrontadas, que davam para os outros pontos, dominando os telhados da vizinhança.

Um pobre quarto, mas uma vista esplêndida! Da varanda, em que eu tinha as minhas queridas violetas, as minhas begônias e os meus tinhorões, únicos companheiros animados daquele meu isolamento e daquela minha triste vida de escritor, descortinava-se amplamente, nas encantadoras nuanças da perspectiva, uma grande parte da cidade, que se estendia por ali afora, com a sua pitoresca acumulação de árvores e telhados, palmeiras e chaminés, torres de igreja e perfis de montanhas tortuosas, donde o sol, através da atmosfera, tirava, nos seus sonhos dourados, os mais belos efeitos de luz. Os morros, mais perto, mais longe, erguiam-se alegres e verdejantes, ponteados de casinhas brancas, e lá se iam desdobrando, a fazer-se cada vez mais azuis e vaporosos, até que se perdiam de todo, muito além, nos segredos do horizonte, confundidos com as nuvens, numa só coloração de tintas ideais e castas.

Meu prazer era trabalhar aí, de manhã bem cedo, depois do café, olhando tudo aquilo pelas janelas abertas defronte da minha velha e singela mesa de carvalho, bebendo pelos olhos a alma dessa natureza inocente e namoradora, que me sorria, sem fatigar-me jamais o espírito, com a sua graça ingênua e com a sua virgindade sensual.

E ninguém me viesse falar em quadros e estatuetas; não! queria as paredes nuas, totalmente nuas, e os móveis sem adornos, porque a arte me parecia mesquinha e banal em confronto com aquela fascinadora realidade, tão simples, tão despretensiosa, mas tão rica e tão completa.

O único desenho que eu conservava à vista, pendurado à cabeceira da cama, era um retrato de Laura, minha noiva, prometida, e esse feito por mim mesmo, a pastel, representando-a com a roupa de andar em casa, o pescoço nu e o cabelo preso ao alto da cabeça por um laço de fita cor-de-rosa.

I

Quase nunca trabalhava à noite; às vezes, porém, quando me sucedia acordar fora de horas, sem vontade de continuar a dormir, ia para a mesa e esperava lendo ou escrevendo que amanhecesse.

Uma ocasião acordei assim, mas sem consciência de nada, como se viesse de um desses longos sonos de doente a decidir; desses profundos e silenciosos, em que não há sonhos, e dos quais, ou se desperta vitorioso para entrar em ampla convalescença, ou se sai apenas um instante para mergulhar logo nesse outro sono, ainda mais profundo, donde nunca mais se volta.

Olhei em torno de mim, admirado do longo espaço que me separava da vida e, logo que me senti mais senhor das minhas faculdades, estranhei não perceber o dia através das cortinas do quarto, e não ouvir, como de costume, pipilarem as cambachirras defronte das janelas por cima dos telhados.

– É que naturalmente ainda não amanheceu. Também não deve tardar muito... calculei, saltando da cama e enfiando o roupão de banho, disposto a esperar sua alteza o Sol, assentado à varanda a fumar um cigarro.

Entretanto, coisa singular! parecia-me ter dormido em demasia; ter dormido muito mais da minha conta habitual. Sentia-me estranhamente farto de sono; tinha a impressão lassa de quem passou da sua hora de acordar e foi entrando, a dormir, pelo dia e pela tarde, como só nos acontece depois de uma grande extenuação nervosa ou tendo anteriormente perdido muitas noites seguidas.

Ora, comigo não havia razão para semelhante coisa, porque, justamente naqueles últimos tempos, desde que estava noivo, recolhia-me sempre cedo e cedo me deitava. Ainda na véspera, lembro-me bem, depois do jantar saíra apenas a dar um pequeno passeio, fizera à família de Laura a minha visita de todos os dias, e às dez horas já estava de volta, estendido na cama, com um livro aberto sobre o peito, a bocejar. Não passariam de onze e meia quando peguei no sono.

Sim! não havia dúvida que era bem singular não ter amanhecido!... pensei, indo abrir uma da janelas da varanda.

Qual não foi, porém, a minha decepção quando, interrogando o nascente, dei com ele ainda completamente fechado e negro, e, abaixando o olhar, vi a cidade afogada em trevas e sucumbida no mais profundo silêncio!

Oh! Era singular, muito singular!

No céu as estrelas pareciam amortecidas, de um bruxulear difuso e pálido; nas ruas os lampiões mal se acusavam por longas reticências de uma luz deslavada e triste. Nenhum operário passava para o trabalho; não se ouvia o cantarolar de um ébrio, o rodar de um carro, nem o ladrar de um cão.

Singular! muito singular!

Acendi a vela e corri ao meu relógio de algibeira. Marcava meia-noite. Levei-o ao ouvido, com avidez de quem consulta o coração de um moribundo; já não pulsava: tinha esgotado toda a corda. Fi-lo começar a trabalhar de novo, mas as suas pulsações eram tão fracas, que só com extrema dificuldade conseguia eu distingui-las.

– É singular! muito singular! repetia, calculando que, se o relógio esgotara toda a corda, era porque eu então havia dormido muito mais ainda do que supunha! eu então atravessara um dia inteiro sem acordar e entrara do mesmo modo pela noite seguinte.

Mas, afinal que horas seriam?...

Tornei à varanda, para consultar de novo aquela estranha noite, em que as estrelas desmaiavam antes de chegar a aurora. E a noite nada me respondeu, fechada no seu egoísmo surdo e tenebroso.

Que horas seriam?... Se eu ouvisse algum relógio da vizinhança!... Ouvir?... Mas se em torno de mim tudo parecia entorpecido e morto?...

E veio-me a dúvida de que eu tivesse perdido a faculdade de ouvir durante aquele maldito sono de tantas horas; fulminado por esta idéia, precipitei-me sobre o tímpano da mesa e vibrei-o com toda a força.

O som fez-se, porém, abafado e lento, como se lutasse com grande resistência para vencer o peso do ar.

E só então notei que a luz da vela, à semelhança do som do tímpano, também não era intensa e clara como de ordinário e parecia oprimida por uma atmosfera de catacumba.

Que significaria isto?... que estranho cataclismo abalaria o mundo?... que teria acontecido de tão transcendente durante aquela minha ausência da vida, para que eu, à volta, viesse encontrar o som e a luz, as duas expressões mais impressionadoras do mundo físico, assim trôpegas e assim vacilantes, nem que toda a natureza envelhecesse maravilhosamente enquanto eu tinha os olhos fechados e o cérebro em repouso?!...

– Ilusão minha, com certeza! que louca és tu, minha pobre fantasia! Daqui a nada estará amanhecendo, e todos estes teus caprichos, teus ou da noite, essa outra doida, desaparecerão aos primeiros raios do sol. O melhor é trabalharmos! Sinto-me até bem disposto para escrever! trabalhemos, que daqui a pouco tudo reviverá como nos outros dias! de novo os vales e as montanhas se farão esmeraldinas e alegres; e o céu transbordará da sua refulgente concha de turquesa a opulência das cores e das luzes; e de novo ondulará no espaço a música dos ventos; e as aves acordarão as rosas dos campos com os seus melodiosos duetos de amor! Trabalhemos! Trabalhemos!

Acendi mais duas velas, porque só com a primeira quase que me era impossível enxergar; arrangei-me ao lavatório; fiz uma xícara de café bem forte, tomei-a, e fui para a mesa de trabalho.

II

Daí a um instante, vergado defronte do tinteiro, com o cigarro fumegando entre os dedos, não pensava absolutamente em mais nada, senão no que o bico da minha pena ia desfiando caprichoso do meu cérebro para lançar, linha a linha, sobre o papel.

Estava de veia, com efeito! As primeiras folhas encheram-se logo. Minha mão, a princípio lenta, começou, pouco a pouco, a fazer-se nervosa, a não querer parar, e afinal abriu a correr, a correr, cada vez mais depressa; disparando por fim às cegas, como um cavalo que se esquenta e se inflama na vertigem do galope. Depois, tal febre de concepção se apoderou de mim, que perdi a consciência de tudo e deixei-me arrebatar por ela, arquejante e sem fôlego, num vôo febril, num arranco violento, que me levava de rastros pelo ideal aos tropeções com as minhas doidas fantasias de poeta.

E páginas e páginas se sucederam. E as idéias, que nem um bando de demônios, vinham-me em borbotão, devorando-se umas às outras, num delírio de chegar primeiro; e as frases e as imagens acudiam-me como relâmpagos, fuzilando, já prontas e armadas da cabeça aos pés. E eu, sem tempo de molhar a pena, nem tempo de desviar os olhos do campo da peleja, ia arremessando para trás de mim, uma após outra, as tiras escritas, suando, arfando, sucumbido nas garras daquele feroz inimigo que me aniquilava.

E lutei! e lutei! e lutei!

De repente, acordo desta vertigem, como se voltasse de um pesadelo estonteado, com o sobressalto de quem, por uma briga de momento, se esquece do grande perigo que o espera. Dei um salto da cadeira; varri inquieto o olhar em derredor. Ao lado da minha mesa havia um monte de folhas de papel cobertas de tinta; as velas bruxuleavam a extinguir-se e o meu cinzeiro estava pejado de pontas de cigarro.

Oh! muitas horas deviam ter decorrido durante essa minha ausência, na qual o sono agora não fora cúmplice. Parecia-me impossível haver trabalhado tanto, sem dar o menor acordo do que se passava em torno de mim.

Corri à janela.

Meu Deus! o nascente continuava fechado e negro; a cidade deserta e muda. As estrelas tinham empalidecido ainda mais, e as luzes dos lampiões transpareciam apenas, através da espessura da noite, como sinistros olhos que me piscavam da treva.

Meu Deus! meu Deus, que teria acontecido?!...

Acendi novas velas, e notei que as suas chamas eram mais lívidas que o fogo-fátuo das sepulturas. Concheei a mão contra o ouvido e fiquei longo tempo a esperar inutilmente que do profundo e gelado silêncio lá de fora me viesse um sinal de vida.

Nada! Nada!

Fui à varanda; apalpei as minhas queridas plantas; estavam fanadas, e as suas tristes folhas pendiam molemente para fora dos vasos, como embambecidos membros de um cadáver ainda quente. Debrucei-me sobre as minhas estremecidas violetas e procurei respirar-lhes a alma embalsamada. Já não tinham perfume!

Atônito e ansioso volvi os olhos para o espaço. As estrelas, já sem contornos, derramavam-se na tinta negra do céu, como indecisas nódoas luminosas que fugiam lentamente.

Meu Deus! meu Deus, que iria acontecer ainda?

Voltei ao quarto e consultei o relógio. Marcava dez horas.

Oh! Pois já dez horas se tinham passado depois que eu abrira os olhos?... Porque então não amanhecera em todo esse tempo!... Teria eu enlouquecido?...

Já trêmulo, apanhei do chão as folhas de papel, uma por uma; eram muitas, muitas! E por melhor esforço que fizesse, não conseguia lembrar-me do que eu próprio nelas escrevera.

Apalpei as fontes; latejavam. Passei as mãos pelos olhos, depois consultei o coração; batia forte.

E só então notei que estava com muita fome e estava com muita sede.

Tomei a bilha d'água e esgotei-a de uma assentada. Assanhou-se-me a fome.

Abri todas as janelas do quarto, em seguida a porta, e chamei pelo criado. Mas a minha voz, apesar do esforço que fiz para gritar, saía frouxa e abafada, quase indistinguível.

Ninguém me respondeu, nem mesmo o eco.

Meu Deus! Meu Deus!

E um violento calafrio percorreu-me o corpo. Principiei a ter medo de tudo; principiei a não querer saber o que se tinha passado em torno de mim durante aquele maldito sono traiçoeiro; desejei não pensar, não sentir, não ter consciência de nada. O meu cérebro, todavia, continuava a trabalhar com a precisão do meu relógio, que ia desfiando os segundos inalteravelmente, enchendo minutos e formando horas.

E o céu era cada vez mais negro, e as estrelas cada vez mais apagadas, como derradeiros e tristes lampejos de uma pobre natureza que morre!

Meu Deus! meu Deus! o que seria?

Enchi-me de coragem; tomei uma das velas e, com mil precauções para impedir que ela se apagasse, desci o primeiro lance de escadas.

A casa tinha muitos cômodos e poucos desocupados. Eu conhecia quase todos os hóspedes. No segundo andar morava um médico; resolvi bater de preferência à porta dele.

Fui e bati; mas ninguém me respondeu.

Bati mais forte. Ainda nada.

Bati então desesperadamente, com as mãos e com os pés. A porta tremia, abalava, mas nem o eco respondia.

Meti ombros contra ela e arrombei-a. O mesmo silêncio. Espichei o pescoço, espiei lá para dentro. Nada consegui ver; a luz da minha vela iluminava menos que a brasa de um cigarro.

Esperei um instante.

Ainda nada.

Entrei.

III

O médico estava estendido na sua cama, embrulhado no lençol. Tinha contraída a boca e os olhos meio abertos.

Chamei-o; segurei-lhe o braço com violência e recuei aterrado, porque lhe senti o corpo rígido e frio. Aproximei, trêmulo, a minha vela contra o seu rosto imóvel; ele não abriu os olhos; não fez o menor gesto. E na palidez das faces notei-lhe as manchas esverdeadas de carne que vai entrar em decomposição.

Afastei-me.

E o meu terror cresceu. E apoderou-se de mim o medo do incompreensível; o medo do que se não explica; o medo do que se não acredita. E saí do quarto, querendo pedir socorro, sem conseguir ter voz para gritar e apenas resbunando uns vagidos guturais de agonizante.

E corri aos outros quartos, e já sem bater fui arrombando as portas que encontrei fechadas. A luz da minha vela, cada vez mais lívida, parecia, como eu, tiritar de medo.

Oh! que terrível momento! que terrível momento! Era como se em torno de mim o Nada insondável e tenebroso escancarasse, para devorar-me, a sua enorme boca viscosa e sôfrega. Por todas aquelas camas, que eu percorria como um louco, só tateava corpos enregelados e hirtos.

Não encontrava ninguém com vida; ninguém!

Era a morte geral! a morte completa! uma tragédia silenciosa e terrível, com um único espectador, que era eu. Em cada quarto havia um cadáver pelo menos! Vi mães apertando contra o seio sem vida os filhinhos mortos; vi casais abraçados, dormindo aquele derradeiro sono, enleados ainda pelo último delírio de seus amores; vi brancas figuras de mulher estateladas no chão, descompostas na impudência da morte; estudantes cor de cera debruçados sobre a mesa de estudo, os braços dobrados sobre o compêndio aberto, defronte da lâmpada para sempre extinta. E tudo frio, e tudo imóvel, como se aquelas vidas fossem de improviso apagadas pelo mesmo sopro; ou como se a terra, sentindo de repente uma grande fome, enlouquecesse para devorar de uma só vez todos os seus filhos.

Percorri os outros andares da casa: Sempre o mesmo abominável espetáculo!

Não havia mais ninguém! não havia mais ninguém! Tinham todos desertado em massa!

E por quê? E para onde tinham fugido aquelas almas, num só vôo, arribadas como um bando de aves forasteiras?...

Estranha greve! Mas por que não me chamaram, a mim também, antes de partir?... Por que me abandonaram sozinho entre aquele pavoroso despojo nauseabundo?...

Que teria sido, meu Deus? que teria sido tudo aquilo?... Por que toda aquela gente fugia em segredo, silenciosamente, sem a extrema despedida dos moribundos, sem os gritos de agonia?... E eu, execrável exceção! por que continuava a existir, acotovelando os mortos e fechado com eles dentro da mesma catacumba?...

Então, uma idéia fuzilou rápida no meu espírito, pondo-me no coração um sobressalto horrível. Lembrei-me de Laura. Naquele momento estaria ela, como os outros, também, inanimada e gélida; ou, triste retardatária! ficaria à minha espera, impaciente por desferir o misterioso vôo?... Em todo o caso era para lá, para junto dessa adorada e virginal criatura, que eu devia ir sem perda de tempo; junto dela, viva ou morta, é que eu devia esperar a minha vez de mergulhar também no tenebroso pélago!

Morta?! Mas por que morta?... se eu vivia era bem possível que ela também vivesse ainda!...

E que me importava o resto, que me importavam os outros todos, contanto que eu a tivesse viva e palpitante nos meus braços?!...

Meu Deus! e se nós ficássemos os dois sozinhos na terra, sem mais ninguém, ninguém?... Se nos víssemos a sós, ela e eu, estreitados um contra o outro, num eterno egoísmo paradisíaco, assistindo recomeçar a criação em torno do nosso isolamento?... assistindo, ao som dos nossos beijos de amor, formar-se de novo o mundo, brotar de novo a vida, acordando toda a natureza, estrela por estrela, asa por asa, pétala por pétala?...

Sim! sim! Era preciso correr para junto dela!

IV

Mas a fome torturava-me cada vez com mais fúria. Era impossível levar mais tempo sem comer. Antes de socorrer o coração era preciso socorrer o estômago. A fome! O amor! Mas, como todos os outros morriam em volta de mim e eu pensava em amor e eu tinha fome!... A fome, que é a voz mais poderosa ao instinto da conservação pessoal, como o amor é a voz do instinto da conservação da espécie! A fome e o amor, que são a garantia da vida; os dois inalteráveis pólos do eixo em que há milhões de séculos gira misteriosamente o mundo orgânico!

E, no entanto, não podia deixar de comer antes de mais nada. Quantas horas teriam decorrido depois da minha última refeição?... Não sabia; não conseguia calcular sequer. O meu relógio, agora inútil, marcava estupidamente doze horas. Doze horas de quê?... Doze horas!... Que significaria esta palavra?...

Arremessei o relógio para longe de mim, despedaçando-o contra a parede.

Ó meu Deus! se continuasse para sempre aquela incompreensível noite, como poderia eu saber os dias que se passavam?... Como poderia marcar as semanas e os meses?... O tempo é o sol; se o sol nunca mais voltasse, o tempo deixaria de existir!

E eu me senti perdido num grande Nada indefinido, vago, sem fundo e sem contornos.

Meu Deus! meu Deus! quando terminaria aquele suplício?

Desci ao andar térreo da casa, apressando-me agora para aproveitar a mesquinha luz da vela que, pouco a pouco, me abandonava também.

Oh! só a idéia de que era aquela a derradeira luz que me restava!... A idéia da escuridão completa que seria depois fazia-me gelar o sangue. Trevas e mortos, que horror!

37

Penetrei na sala de jantar. À porta tropecei no cadáver de um cão; passei adiante. O criado jazia estendido junto à mesa, espumando pela boca e pelas ventas, não fiz caso. Do fundo dos quartos vinha já um bafo enjoativo de putrefação ainda recente. Arrombei o armário, apoderei-me da comida que lá havia e devorei-a como um animal, sem procurar talher. Depois bebi, sem copo, uma garrafa de vinho. E, logo que senti o estômago reconfortado, e, logo que o vinho me alegrou o corpo, foi-se-me enfraquecendo a idéia de morrer com os outros e foi-me nascendo a esperança de encontrar vivos lá fora, na rua. Mal era que a luz da vela minguara tanto que agora brilhava menos que um pirilampo. Tentei acender outras. Vão esforço! a luz ia deixar de existir.

E, antes que ela me fugisse para sempre, comecei a encher as algibeiras com o que sobrou da minha fome.

Era tempo! era tempo! porque a miserável chama, depois de espreguiçar-se um instante, foi-se contraindo, a tremer, a tremer, bruxuleando, até sumir-se de todo, como o extremo lampejo do olhar de um moribundo.

E fez-se então a mais completa, a mais cerrada escuridão que é possível conceber. Era a treva absoluta; treva de morte; treva de caos; treva que só compreende quem tiver os olhos arrancados e as órbitas entupidas de terra.

Foi terrível o meu abalo, fiquei espavorido, como se ela me apanhasse de surpresa. Inchou-me por dentro o coração, sufocando-me a garganta; gelou-se-me a medula e secou-se-me a língua. Senti-me como entalado ainda vivo no fundo de um túmulo estreito; senti desabar sobre minha pobre alma, com todo o seu peso de maldição, aquela imensa noite negra e devoradora.

Imóvel, arquejei por algum tempo nesta agonia. Depois estendi os braços e, arrastando os pés, procurei tirarme dali às apalpadelas.

Atravessei o longo corredor, esbarrando em tudo, como um cego sem guia, e conduzi-me lentamente até ao portão de entrada.

Saí.

Lá fora, na rua, o meu primeiro impulso foi olhar para o espaço; estava tão negro e tão mudo como a terra. A luz dos lampiões apagara-se de todo e no céu já não havia o mais tênue vestígio de uma estrela.

Treva! Treva e só treva!

Mas eu conhecia muito bem o caminho da casa de minha noiva, e havia de lá chegar, custasse o que custasse!

Dispus-me a partir, tateando o chão com os pés, sem despregar das paredes as minhas duas mãos abertas na altura do rosto.

Passo a passo, venci até a primeira esquina. Esbarrei com um cadáver encostado às grades de um jardim; apalpei-o: era um polícia. Não me detive; segui adiante, dobrando para a rua transversal.

Começava a sentir frio. Uma densa umidade saía da terra, tornando aquela maldita noite ainda mais dolorosa. Mas não desanimei, prossegui pacientemente, medindo o meu caminho, palmo a palmo, e procurando reconhecer pelo tato o lugar em que me achava.

E seguia, seguia lentamente.

Já me não abalavam os cadáveres com que eu topava pelas calçadas. Todo o meu sentido se me concentrava nas mãos; a minha única preocupação era me não desorientar e perder na viagem.

E lá ia, lá ia, arrastando-me de porta em porta, de casa em casa, de rua em rua, com a silenciosa resignação dos cegos desamparados.

De vez em quando, era preciso deter-me um instante, para respirar mais à vontade. Doíam-me os braços de os ter continuamente erguidos. Secava-se-me a boca. Um enorme cansaço invadia-me o corpo inteiro. Há quanto tempo durava já esta tortura? não sei; apenas sentia claramente que, pelas paredes, o bolor principiava a formar altas camadas de uma vegetação aquosa, e que meus pés se encharcavam cada vez mais no lodo que o solo ressumbrava.

Veio-me então o receio de que eu, daí a pouco, não pudesse reconhecer o caminho e não lograsse por conseguinte chegar ao meu destino. Era preciso, pois, não perder um segundo; não dar tempo ao bolor e à lama de esconderem de todo o chão e as paredes.

E procurei, numa aflição, aligeirar o passo, a despeito da fadiga que me acabrunhava. Mas, ah! era impossível conseguir mais do que arrastar-me penosamente, como um verme ferido.

E o meu desespero crescia com a minha impotência e com o meu sobressalto.

Miséria! Agora já me custava até distinguir o que meus dedos tateavam, porque o frio os tornara dormentes e sem tato. Mas arrastava-me, arquejante, sequioso, coberto de suor, sem fôlego; mas arrastava-me.

Arrastava-me.

Afinal, uma alegria agitou-me o coração: minhas mãos acabavam de reconhecer as grades do jardim de Laura. Reanimou-me a alma. Mais alguns passos somente, e estaria à sua porta!

Fiz um extremo esforço e rastejei até lá.

Enfim!

E deixei-me cair prostrado, naquele mesmo patamar, que eu, dantes, tantas vezes atravessara ligeiro e alegre, com o peito a estalar-me de felicidade.

A casa estava aberta. Procurei o primeiro degrau da escada e aí caí de rojo, sem forças ainda para galgá-la.

E resfoleguei, com a cabeça pendida, os braços abandonados ao descanso, as pernas entorpecidas pela unidade. E, todavia, ai de mim! as minhas esperanças feneciam ao frio sopro de morte que vinha lá de dentro.

Nem um rumor! Nem o mais leve murmúrio! Nem o mais ligeiro sinal de vida! Terrível desilusão aquele silêncio pressagiava!

As lágrimas começaram a correr-me pelo rosto também silenciosas.

Descansei longo tempo! depois ergui-me e pus-me a subir a escada, lentamente, lentamente.

V

Ah! Quantas recordações aquela escada me trazia!... Era aí, nos seus últimos degraus, junto às grades de madeira polida, que eu, todos os dias, ao despedir-me de Laura, trocava com esta o silencioso juramento do nosso olhar. Foi aí que eu pela primeira vez lhe beijei a sua formosa e pequenina mão de brasileira.

Estaquei, todo vergado lá para dentro, escutando.

Nada!

Entrei na sala de visitas, vagarosamente, abrindo caminho com os braços abertos, como se nadasse na escuridão. Reconheci os primeiros objetos em que tropecei; reconheci o velho piano em que ela costumava tocar as suas peças favoritas; reconheci as estantes, pejadas de partituras, em que nossas mãos muitas vezes se encontraram, procurando a mesma música; e depois, avançando alguns passos de sonâmbulo, dei com a poltrona, a mesma poltrona em que ela, reclinada, de olhos baixos e chorosos, ouviu corando o meu protesto de amor, quando, também pela primeira vez, me animei a confessar-lho.

Oh! como tudo isso agora me acabrunhava de saudade!... Conhecemo-nos havia coisa de cinco anos; Laura então era ainda quase uma criança e eu ainda não era bem

41

um homem. Vimo-nos um domingo, pela manhã, ao sairmos da missa. Eu ia ao lado de minha mãe, que nesse tempo ainda existia e...

Mas, para que reviver semelhantes recordações?... Acaso tinha eu o direito de pensar em amor?... Pensar em amor, quando em torno de mim o mundo inteiro se transformava em lodo?...

Esbarrei contra uma mesinha redonda, tateei-a, achei sobre ela, entre outras cousas, uma bilha d'água; bebi sequiosamente. Em seguida procurei achar a porta, que comunicava com o interior da casa; mas vacilei. Tremiam-me as pernas e arquejava-me o peito.

Oh! Já não podia haver o menor vislumbre de esperança! Aquele canto sagrado e tranqüilo, aquela habitação da honestidade e do pudor, também tinham sido varridos pelo implacável sopro!

Mas era preciso decidir-me a entrar. Quis chamar por alguém; não consegui articular mais do que o murmúrio de um segredo indistinguível.

Fiz-me forte; avancei às apalpadelas. Encontrei uma porta; abri-a. Penetrei numa saleta; não encontrei ninguém. Caminhei para diante; entrei na primeira alcova, tateei o primeiro cadáver.

Pelas barbas reconheci logo o pai de Laura. Estava deitado no seu leito; tinha a boca úmida e viscosa.

Limpei as mãos à roupa e continuei a minha tenebrosa revista.

No quarto imediato a mãe de minha noiva jazia ajoelhada defronte do seu oratório; ainda com as mãos postas, mas o rosto já pendido para a terra. Corri-lhe os dedos pela cabeça; ela desabou para o lado, dura como uma estátua. A queda não produziu ruído.

Continuei a andar.

O quarto que se seguia era o de Laura; sabia-o perfeitamente. O coração agitou-se-me sobressaltado; mas fui caminhando sempre, com os braços estendidos e a respiração convulsa.

Nunca houvera ousado penetrar naquela casta alcova de donzela, e um respeito profundo imobilizou-me junto à porta, como se me pesasse profanar com a minha presença tão puro e religioso asilo do pudor. Era, porém, indispensável que eu me convencesse de que Laura também me havia abandonado como os outros; que me convencesse de que ela consentira que a sua alma, que era só minha, partisse com as outras almas desertoras; que eu disso me convencesse, para então cair ali mesmo a seus pés, fulminado, amaldiçoando a Deus e à sua loucura!

E havia de ser assim! Havia de ser assim, porque antes, mil vezes antes, morto com ela do que vivo sem a possuir!

Entrei no quarto. Apalpei as trevas. Não havia sequer o rumor da asa de uma mosca. Adiantei-me.

Achei uma estreita cama, castamente velada por ligeiro cortinado de cambraia. Afastei-o e, continuando a tatear, encontrei um corpo, mimoso e franzino, todo fechado num roupão de flanela. Reconheci aqueles formosos cabelos setinosos: reconheci aquela carne delicada e virgem; aquela pequenina mão, e também reconheci a aliança, que eu mesmo lhe colocara num dos dedos.

Mas oh! Laura, a minha estremecida Laura, estava tão fria e tão inanimada como os outros!

E um fluxo de soluços, abafados e sem eco, saiu-me do coração.

Ajoelhei-me junto à cama e, tal como fizera com as minhas violetas, debrucei-me sobre aquele pudibundo rosto já sem vida, para respirar-lhe o bálsamo da alma. Longo tempo meus lábios, que as lágrimas ensopavam, àqueles frios lábios se colaram, no mais sentido, no mais terno e profundo beijo que se deu sobre a terra.

– Laura! balbuciei tremente. Ó minha Laura! Pois será possível que tu, pobre e querida flor, casta companheira

43

das minhas esperanças! será possível que tu também me abandonasses... sem uma palavra ao menos... indiferente e alheia como os outros?... Para onde tão longe e tão precipitadamente te partiste, doce amiga, que do nosso mísero amor nem a mais ligeira lembrança me deixaste?...

E, cingindo-a nos meus braços, tomei-a contra o peito, a soluçar de dor e de saudade.

– Não; não! disse-lhe sem voz. Não me separarei de ti, adorável despojo! Não te deixarei aqui sozinha, minha Laura! Viva, eras tu que me conduzias às mais altas regiões do ideal e do amor; viva, eras tu que davas asas ao meu espírito, energia ao meu coração e garras ao meu talento! Eras tu, luz de minha alma, que me fazias ambicionar futuro, glória, imortalidade! Morta, hás de arrastar-me contigo ao insondável pélago do Nada! Sim! Desceremos ao abismo, os dois, abraçados, eternamente unidos, e lá ficaremos para sempre, como duas raízes mortas, entretecidas e petrificadas no fundo da terra!

E, em vão tentando falar assim, chamei-a de todo contra meu corpo, entre soluços, osculando-lhe os cabelos.

Ó meu Deus! Estaria sonhando?... Dir-se-ia que a sua cabeça levemente se movera para melhor repousar sobre meu ombro!... Não seria ilusão do meu próprio amor despedaçado?...

– Laura! tentei dizer, mas a voz não me passava da garganta.

E colei de novo os meus lábios contra os lábios dela.

– Laura! Laura!

Oh! Agora sentira perfeitamente. Sim! sim! não me enganava! Ela vivia! Ela vivia ainda, meu Deus!

VI

E comecei a bater-lhe na palma das mãos, a soprar-lhe os olhos, a agitar-lhe o corpo entre meus braços, procurando chamá-la à vida.

E não haver uma luz! E eu não poder articular palavra! E não dispor de recurso algum para lhe poupar ao menos o sobressalto que a esperava quando recuperasse os sentidos! Que ansiedade! Que terrível tormento!

E, com ela recolhida ao colo, assim prostrada e muda, continuei a murmurar-lhe ao ouvido as palavras mais doces que toda a minha ternura conseguia descobrir nos segredos do meu pobre amor.

Ela começou a reanimar-se; seu corpo foi a pouco e pouco recuperando o calor perdido.

Seus lábios entreabriram-se já, respirando de leve.

– Laura! Laura!

Afinal, senti as suas pestanas roçarem-me na face. Ela abria os olhos.

– Laura!

Não me respondeu de nenhum modo, nem tampouco se mostrou sobressaltada com a minha presença. Parecia sonâmbula, indiferente à escuridão.

– Laura! minha Laura!

Aproximei os lábios de seus lábios ainda frios, e senti um murmúrio suave e medroso exprimir o meu nome.

Oh! ninguém, ninguém pode calcular a comoção que se apossou de mim! Todo aquele tenebroso inferno por um instante se alegrou e sorriu.

E, nesse transporte de todo o meu ser, não entrava, todavia, o menor contingente dos sentidos. Nesse momento todo eu pertencia a um delicioso estado místico, alheio completamente à vida animal. Era como se me transportasse para outro mundo, reduzido a uma essência ideal e indissolúvel, feita de amor e bem-aventurança. Compreendi então esse vôo etéreo de duas almas aladas na mesma fé, deslizando juntas pelo espaço em busca do paraíso. Senti a terra mesquinha para nós, tão grandes e tão alevantados no nosso sentimento. Compreendi a divinal e suprema volúpia do noivado de dois espíritos que se unem para sempre.

– Minha Laura! Minha Laura!

Ela passou-me os braços em volta do pescoço e trêmula uniu sua boca à minha, para dizer que tinha sede. Lembrei-me da bilha d'água. Ergui-me e fui, às apalpadelas, buscá-la onde estava.

Depois de beber, Laura perguntou-me se a luz e o som nunca mais voltariam. Respondi vagamente, sem compreender como podia ser que ela se não assustava naquelas trevas e não me repelia do seu leito de donzela.

Era bem estranho o nosso modo de conversar. Não falávamos, apenas movíamos com os lábios. Havia um mistério de sugestão no comércio das nossas idéias; tanto que, para nos entendermos melhor, precisávamos às vezes unir as cabeças, fronte com fronte.

E semelhante processo de dialogar em silêncio fatigava-nos, a ambos, em extremo. Eu sentia distintamente, com a testa colada à testa de Laura, o esforço que ela fazia para compreender bem o meu pensamento.

E interrogamos um ao outro, ao mesmo tempo, o que seria então de nós, perdidos e abandonados no meio daquele tenebroso campo de mortos? Como poderíamos sobreviver a todos os nossos semelhantes?...

Emudecemos por longo espaço, de mãos dadas e com as frontes unidas.

Resolvemos morrer juntos.

Sim! Era tudo que nos restava! Mas de que modo realizar esse intento?... Que morte descobriríamos capaz de arrebatar-nos aos dois de uma só vez?...

Calamo-nos de novo, ajustando melhor as frontes, cada qual mais absorto pela mesma preocupação.

Ela, por fim, lembrou o mar. Sairíamos juntos à procura dele, e abraçados pereceríamos no fundo das águas. Ajoelhou-se e rezou, pedindo a Deus por toda aquela humanidade que partira antes de nós; depois ergueu-se, passou-me o braço na cintura, e começamos juntos a tatear a escuridão, dispostos a cumprir o nosso derradeiro voto.

VII

Lá fora a umidade crescia, liquefazendo a crosta da terra. O chão tinha já uma sorvedora acumulação de lodo, em que o pé se atolava. As ruas estreitavam-se entre duas florestas de bolor que nasciam de cada lado das paredes.

Laura e eu, presos um ao outro pela cintura, arriscamos os primeiros passos e pusemo-nos a andar com extrema dificuldade, procurando a direção do mar, tristes e mudos, como os dois enxotados do Paraíso.

Pouco a pouco foi-nos ganhando uma profunda indiferença por toda aquela lama, em cujo ventre, nós, pobres vermes, penosamente nos movíamos. E deixamos que os nossos espíritos, desarmados da faculdade de falar, se procurassem e se entendessem por conta própria, num misterioso idílio em que as nossas almas se estreitavam e se confundiam.

Agora, já não nos era preciso unir as frontes ou os lábios para trocar idéias e pensamentos. Nossos cérebros travavam entre si contínuo e silencioso diálogo, que em parte nos adoçava as penas daquela triste viagem para a Morte; enquanto os nossos corpos esquecidos iam maquinalmente prosseguindo, passo a passo, por entre o limo pegajoso e úmido.

Lembrei-me das provisões que trazia na algibeira; ofereci-lhas; Laura recusou-as, afirmando que não tinha fome.

Reparei então que eu também não sentia agora a menor vontade de comer e, o que era mais singular, não sentia frio.

E continuamos a nossa peregrinação e o nosso diálogo. Ela, de vez em quando, repousava a cabeça no meu ombro, e parávamos para descansar.

47

Mas o lodo crescia, e o bolor condensava-se de um lado e de outro lado, mal nos deixando uma estreita vereda, por onde, no entanto, prosseguíamos sempre, arrastando-nos abraçados.

Já não tateávamos o caminho, nem era preciso, porque não havia que recear o menor choque. Por entre a densa vegetação do mofo, nasciam agora da direita e da esquerda, almofadando a nossa passagem, enormes cogumelos e fungões, penugentos e veludados, contra os quais escorregávamos como por sobre arminhos podres.

Àquela absoluta ausência do sol e do calor, formavam-se e cresciam esses monstros da treva, disformes seres úmidos e moles; tortulhos gigantescos, cujas polpas esponjosas, como imensos tubérculos de tísico, nossos braços não podiam abarcar. Era horrível senti-los crescer assim fantasticamente, inchando ao lado e defronte uns dos outros como se toda a atividade molecular e toda a força agregativa e atômica que povoava a terra, os céus e as águas, viessem concentrar-se neles, para neles resumir a vida inteira. Era horrível, para nós, que nada mais ouvíamos, senti-los inspirar e respirar, como animais, sorvendo gulosamente o oxigênio daquela infindável noite.

Ai! desgraçados de nós, minha querida Laura! De tudo que vivia à luz do sol só eles persistiam; só eles e nós dois, tristes privilegiados naquela fria e tenebrosa desorganização do mundo!

Meu Deus! Era como se nesse nojento viveiro, borbulhante do lodo e da treva, viera refugiar-se a grande alma do Mal, depois de repelida por todos os infernos.

Respiramos um momento, sem trocar uma idéia; depois, resignados, continuamos a caminhar para diante, presos à cintura um do outro, como dois míseros criminosos condenados a viver eternamente.

VIII

Era-nos já de todo impossível reconhecer o lugar por onde andávamos, nem calcular o tempo que havia decorrido depois que estávamos juntos. Às vezes se nos afigurava que muitos e muitos anos nos separavam do último sol; outras vezes nos parecia a ambos que aquelas trevas tinham-se fechado em torno de nós apenas alguns momentos antes. O que sentíamos bem claro era que os nossos pés cada vez mais se entranhavam no lodo, e que toda aquela umidade grossa, da lama e do ar espesso, já nos não repugnava como a princípio e dava-nos agora, ao contrário, certa satisfação volutuosa embeber-nos nela, como se por todos os nossos poros a sorvêssemos para nos alimentar.

Os sapatos foram-se-nos a pouco e pouco desfazendo, até nos abandonarem descalços completamente; e as nossas vestimentas reduziram-se a farrapos imundos. Laura estremeceu de pudor com a idéia de que em breve estaria totalmente despida e descomposta; soltou os cabelos para se abrigar com eles e pediu-me que apressássemos a viagem, a ver se alcançávamos o mar, antes que as roupas a deixassem de todo. Depois calou-se por muito tempo.

Comecei a notar que os pensamentos dela iam progressivamente rareando, tal qual sucedia aliás comigo mesmo.

Minha memória embotava-se. Afinal, já não era só a palavra falada que nos fugia; era também a palavra concebida. As luzes da nossa inteligência desmaiavam lentamente, como no céu as trêmulas estrelas, que pouco a pouco se apagaram para sempre. Já não víamos; já não falávamos; íamos também deixar de pensar.

Meu Deus! era a treva que nos invadia! Era a treva, bem o sentíamos! que começava, gota a gota, a cair dentro de nós.

Só uma idéia, uma só, nos restava por fim: descobrir o mar, para pedir-lhe o termo daquela horrível agonia. Laura passou-me os braços em volta do pescoço, suplicando-me com o seu derradeiro pensamento que eu não a deixasse viver por muito tempo ainda.

E avançamos com maior coragem, na esperança de morrer.

IX

Mas, à proporção que o nosso espírito por tal estranho modo se neutralizava, fortalecia-se-nos o corpo maravilhosamente, a refazer-se de seiva no meio nutritivo e fertilizante daquela decomposição geral. Sentíamos perfeitamente o misterioso trabalho de revisceração que se travava dentro de nós; sentíamos o sangue enriquecer de fluidos vitais e ativar-se nos nossos vasos, circulando vertiginosamente a martelar por todo o corpo. Nosso organismo transformava-se num laboratório, revolucionado por uma chusma de demônios.

E nossos músculos robusteceram-se por encanto, e os nossos membros avultaram num contínuo desenvolvimento. E sentimos crescer os ossos, e sentimos a medula pulular engrossando e aumentando dentro deles. E sentimos as nossas mãos e os nossos pés tornarem-se fortes, como os de um gigante; e as nossas pernas encorparem, mais consistentes e mais ágeis; e os nossos braços se estenderem, maciços e poderosos.

E todo o nosso sistema muscular se desenvolveu de súbito, em prejuízo do sistema nervoso, que se amesquinhava progressivamente. Fizemo-nos hercúleos, de uma pujança de animais ferozes, sentindo-nos capazes cada qual de afrontar impávidos todos os elementos do globo e todas as lutas pela vida física.

Depois de apalpar-me surpreso, tateei o pescoço, o tronco e os quadris de Laura. Parecia-me ter debaixo das minhas mãos de gigante a estátua colossal de uma deusa pagã. Seus peitos eram fecundos e opulentos; suas ilhargas, cheias e grossas como as de um animal bravio.

E assim refeitos pusemo-nos a andar familiarmente naquele lodo, como se fôramos criados nele. Também já não podíamos ficar um instante no mesmo lugar, inativos; uma irresistível necessidade de exercício arrastava-nos, a despeito da nossa vontade, agora fraca e mal segura. E, quanto mais se nos embrutecia o cérebro, tanto mais os nossos membros reclamavam atividade e ação; sentíamos gosto em correr, correr muito, cabriolando por ali afora, e sentíamos ímpetos de lutar, de vencer, de dominar alguém com a nossa força.

Laura atirava-se contra mim, numa carícia selvagem e pletórica, apanhando-me a boca com os seus lábios fortes de mulher irracional e estreitando-se comigo sensualmente, a morder-me os ombros e os braços.

E lá íamos inseparáveis naquela nossa nova maneira de existir, sem memória de outra vida, amando-nos com toda a força dos nossos impulsos; para sempre esquecidos um no outro, como os dois últimos parasitas do cadáver de um mundo.

Certa vez, de surpresa, nossos olhos tiveram a alegria de ver.

Uma enorme e difusa claridade fosforescente estendia-se defronte de nós, a perder de vista. Era o mar.

Estava morto e quieto.

Um triste mar, sem ondas e sem soluços, chumbado à terra na sua profunda imobilidade de orgulhoso monstro abatido.

Fazia dó vê-lo assim, concentrado e mudo, saudoso das estrelas, viúvo do luar. Sua grande alma branca, de antigo lutador, parecia debruçar-se ainda sobre o resfriado cadáver daquelas águas silenciosas, chorando as extintas noites, claras e felizes, em que elas, como um bando de náiades alegres, vinham aos saltos, tontas de alegria, quebrar na praia as suas risadas de prata.

Pobre mar! Pobre atleta! Nada mais lhe restava agora sobre o plúmbeo dorso fosforescente do que tristes esqueletos dos últimos navios, ali fincados, espetrais e negros, como inúteis e partidas cruzes de um velho cemitério abandonado.

X

Aproximamo-nos daquele pobre oceano morto. Tentei invadi-lo, mas meus pés não acharam que distinguir entre sua fosforescente gelatina e a lama negra da terra, tudo era igualmente lodo.

Laura conservava-se imóvel como que aterrada defronte do imenso cadáver luminoso. Agora, assim contra a embaciada lâmina das águas, nossos perfis se destacavam tão bem, como, ao longe, se destacavam as ruínas dos navios. Já nos não recordávamos da nossa intenção de afogar-nos juntos. Com um gesto chamei-a para meu lado. Laura, sem dar um passo, encarou-me com espanto, estranhando-me. Tornei a chamá-la; não veio. Fui ter então com ela; ao ver-me, porém, aproximar, deu medrosa um ligeiro salto para trás e pôs-se a correr pela extensão da praia, como se fugisse a um monstro desconhecido.

Precipitei-me também, para alcançá-la. Vendo-se perseguida, atirou-se ao chão, a galopar, quadrupedando que nem um animal. Eu fiz o mesmo, e coisa singular! notei que me sentia muito mais à vontade nessa posição de quadrúpede do que na minha natural posição de homem.

Assim galopamos longo tempo à beira-mar; mas, percebendo que a minha companheira me fugia assustada para o lado das trevas, tentei detê-la, soltei um grito, soprando com toda a força o ar dos meus pulmões de gigante. Nada mais consegui do que dar um ronco de besta; Laura, todavia respondeu com outro. Corri para ela, e os nossos berros ferozes perderam-se longamente por aquele mundo vazio e morto. Alcancei-a por fim, ela havia caído por terra, prostrada de fadiga. Deitei-me ao seu lado, rosnando ofegante de cansaço. Na escuridão reconheceu-me logo; tomou-me contra o seu corpo e afagou-me instintivamente.

Quando resolvemos continuar a nossa peregrinação, foi de quatro pés que nos pusemos a andar ao lado um do outro, naturalmente e sem dar por isso.

Então meu corpo principiou a revestir-se de um pêlo espesso. Apalpei as costas de Laura e observei que com ela acontecia a mesma coisa.

Assim era melhor, porque ficaríamos perfeitamente abrigados do frio, que agora aumentava.

Depois, senti que os meus maxilares se dilatavam de modo estranho, e que as minhas presas cresciam, tornando-se mais fortes, mais adequadas ao ataque, e que, lentamente, se afastavam dos dentes queixais; e que meu crânio se achatava; e que a parte inferior do meu rosto se alongava para a frente, afilando como um focinho de cão; e que meu nariz deixava de ser aquilino e perdia a linha vertical, para acompanhar o alongamento da mandíbula; e que enfim as minhas ventas se patenteavam, arregaçadas para o ar, úmidas e frias.

Laura, ao meu lado, sofria iguais transformações.

E notamos que, à medida que se nos apagavam uns restos de inteligência e o nosso tato se perdia, apurava-se-nos o olfato de um modo admirável, tomando as proporções de um faro certeiro e sutil, que alcançava léguas.

E galopávamos contentes ao lado um do outro, grunhindo e sorvendo o ar, satisfeitos de existir assim. Agora, o fartum da terra encharcada e das matérias em decomposição, longe de enjoar-nos, chamava-nos a vontade de comer. E os meus bigodes, cujos fios se inteiriçavam como cerdas de porco, serviam-se para sondar o caminho, porque as minhas mãos haviam afinal perdido de todo a delicadeza do tato.

Já me não lembrava, por melhor esforço que empregasse, uma só palavra do meu idioma, como se eu nunca tivera falado. Agora, para entender-me com Laura, era preciso uivar; e ela me respondia do mesmo modo.

Não conseguia também lembrar-me nitidamente de como fora o mundo antes daquelas trevas e daquelas nossas metamorfoses, e até já me não recordava bem de como tinha sido a minha própria fisionomia primitiva, nem a de Laura. Entretanto, meu cérebro funcionava ainda, lá a seu modo, porque, afinal, tinha eu consciência de que existia e preocupava-me em conservar junto de mim a minha companheira, a quem agora só com os dentes afagava.

Quanto tempo se passou assim para nós, nesse estado de irracionais, é o que não posso dizer; apenas sei que, sem saudades de outra vida, trotando ao lado um do outro, percorríamos então o mundo, perfeitamente familiarizados com a treva e com a lama, esfossinhando no chão, à procura de raízes, que devorávamos com prazer; e sei que, ao sentir-nos cansados, nos estendíamos por terra, juntos e tranqüilos, perfeitamente felizes, porque não pensávamos e porque não sofríamos.

XI

De uma feita, porém, ao levantar-me do chão, senti os pés trôpegos, pesados, e como que propensos a se entranharem por ele. Apalpei-os e encontrei as unhas moles e abafadas, a despregarem-se. Laura, junto de mim, observou em si a mesma coisa. Começamos logo a tirá-las com os dentes, sem experimentarmos a menor dor; depois passamos a fazer o mesmo com as das mãos; as pontas dos nossos dedos, logo que se acharam despojadas das unhas, transformaram-se numa espécie de ventosa do polvo, numas bocas de sanguessuga, que se dilatavam e contraíam incessantemente, sorvendo gulosas o ar e a umidade. Começaram-nos os pés a radiar em longos e ávidos tentáculos de pólipo; e os seus filamentos e as suas radículas eminhocaram pelo lodo fresco do chão, procurando sôfregos internar-se bem na terra, para ir lá dentro beber-lhes o humus azotado e nutriente; enquanto os dedos das mãos esgalhavam, um a um, ganhando pelo espaço e chupando o ar voluptuosamente pelos seus respiradouros, fossando e fungando, irrequietos e morosos, como trombas de elefante.

Desesperado, ergui-me em toda a minha colossal estatura de gigante e sacudi os braços, tentando dar um arranco, para soltar-me do solo. Foi inútil. Nem só não consegui despregar meus pés enraizados no chão, como fiquei de mãos atiradas para o alto, numa postura mística, como arrebatado num êxtase religioso, imóvel. Laura, igualmente presa à terra, ergueu-se rente comigo, peito a peito, entrelaçando nos meus seus braços esgalhados e procurando unir sua boca à minha boca.

E assim nos quedamos para sempre, aí plantados e seguros, sem nunca mais nos soltarmos um do outro, nem mais podermos mover com os nossos duros membros contraídos. E, pouco a pouco, nossos cabelos e nossos pêlos se nos foram desprendendo e caindo lentamente pelo corpo abaixo. E cada poro que eles deixavam era um novo respiradouro que se abria para beber a noite tenebrosa. Então sentimos que o nosso sangue ia-se a mais e mais se arrefecendo e desfibrinando até ficar de todo transformado numa seiva linfática e fria. Nossa medula começou a endurecer e revertir-se de camadas lenhosas, que substituíam os ossos e os músculos; e nós fomos surdamente nos lignifi-

55

cando, nos encascando, a fazer-nos fibrosos desde o tronco até às hastes e às estípulas.

E os nossos pés, num misterioso trabalho subterrâneo, continuavam a lançar pelas entranhas da terra as suas longas e insaciáveis raízes; e os dedos das nossas mãos continuavam a multiplicar-se, a crescer, e a esfolhar, como galhos de uma árvore que reverdece. Nossos olhos desfizeram-se em goma espessa e escorreram-nos pela crosta da cara, secando depois como resina; e das suas órbitas vazias começavam de brotar muitos rebentões viçosos. Os dentes despregaram-se, um por um, caindo de per si, e as nossas bocas murcharam-se inúteis, vindo, tanto delas, como de nossas ventas já sem faro, novas vergônteas e renovos que abriam novas folhas e novas brácteas. E agora só por estas e pelas extensas raízes de nossos pés é que nos alimentávamos para viver.

E vivíamos.

Uma existência tranqüila, doce, profundamente feliz, em que não havia desejos, nem saudades; uma vida imperturbável e surda, em que os nossos braços iam por si mesmos se estendendo preguiçosamente para o céu, a reproduzirem novos galhos, donde outros rebentavam, cada vez mais copados e verdejantes. Ao passo que as nossas pernas, entrelaçadas num só caule, cresciam e engrossavam, cobertas de armaduras corticais, fazendo-se imponentes e nodosas, como os estalados troncos desses velhos gigantes das florestas primitivas.

XII

Quietos e abraçados na nossa silenciosa felicidade, bebendo longamente aquela inabalável noite, em cujo ventre dormiam mortas as estrelas, que nós dantes tantas vezes contemplávamos embevecidos e amorosos, crescemos juntos e juntos estendemos os nossos ramos e as nossas raízes, não sei por quanto tempo.

Não sei também se demos flor ou se demos frutos; tenho apenas consciência de que depois, muito depois, uma nova imobilidade, ainda mais profunda, veio enrijar-nos de todo. E sei que as nossas fibras e os nossos tecidos endureceram a ponto de cortar a circulação dos fluidos que nos nutriam; e que o nosso polposo âmago e a nossa medula se foi alcalinando, até de todo se converter em grés siliciosa e calcárea; e que afinal fomos perdendo gradualmente a natureza de matéria orgânica para assumirmos os caracteres do mineral.

Nossos gigantescos membros agora, completamente desprovidos da sua folhagem, contraíram-se hirtos, sufocando os nossos poros; e nós dois, sempre abraçados, nos inteiriçamos numa só mole informe, sonora e maciça, onde as nossas veias primitivas, já secas e tolhidas, formavam sulcos ferruginosos, feitos como que do nosso velho sangue petrificado.

E, século a século, a sensibilidade foi-se-nos perdendo numa sombria indiferença de rocha. E, século e século, fomos de grés, de cisto, ao supremo estado de cristalização.

E vivemos, vivemos, e vivemos, até que a lama que nos cercava principiou a dissolver-se numa substância líquida, que tendia a fazer-se gasosa e a desagregar-se, perdendo o seu centro de equilíbrio; uma gasificação geral, como devia ter sido antes do primeiro matrimônio entre as duas primeiras moléculas que se encontraram e se uniram e se fecundaram, para começar a interminável cadeia da vida, desde o ar atmosférico até ao sílex, desde o eozoon até ao bípede.

E oscilamos indolentemente naquele oceano fluido.

Mas, por fim, sentimos faltar-nos o apoio, e resvalamos no vácuo, e precipitamo-nos pelo éter.

E, abraçados a princípio, soltamo-nos depois e começamos a percorrer o firmamento, girando em volta um do outro, como um casal de estrelas errantes e amorosas, que vão espaço afora em busca do ideal.

Ora aí fica, leitor paciente, nessa dúzia de capítulos desenxabidos, o que eu, naquela maldita noite de insônia, escrevi no meu quarto de rapaz solteiro, esperando que Sua Alteza, o Sol, se dignasse de abrir a sua audiência matutina com os pássaros e com as flores.

VÍCIOS

Tarde de inverno. Ouvia-se o relógio palpitar soturnamente ao fundo da longa sala e ouvia-se o crepitar das asas de um inseto que se debatia contra as vidraças de uma janela fechada. A casa, na sua adormecida opulência coberta de pó, tinha um duro e profundo aspecto de tristeza.

Dois homens, pai e filho, um eternamente irresponsável e criança, apesar das suas rugas e dos seus cabelos falsamente negros, o outro já desiludido e velho, a despeito dos seus miseráveis vinte e poucos anos; ambos cansados, ambos tristes, ambos inúteis e vencidos, quedavam-se, sem ânimo para mais nada, assentados um defronte do outro, olhando o espaço, como que vegetalizados ambos por um só e mesmo tédio, por um só e mesmo desgosto de existir, por uma só e mesma preguiça de viver.

Sentia-se desconsoladamente que naquelas escuras paredes sobrecobertas de enegrecidos painéis e desbotadas tapeçarias e naquele teto de estuque já sem cor e naqueles dourados móveis despolidos pelo tempo, há muito não ecoavam rir e palrear de crianças ou alegres vozes de família. Apesar dos dois espectros de homem que lá permaneciam imóveis, a casa toda parecia totalmente desabitada.

O velho de cabelos tintos levantou-se afinal, bocejando, deu como um sonâmbulo algumas trôpegas voltas pelo aposento, tomou um cálice de *cognac* da frasqueira que havia a um canto sobre um tremó antigo, acendeu um cigarro e encaminhou-se lentamente para o outro, a quem tocou no ombro.

– Então?... disse, parando defronte dele.

O rapaz fixou-o com seu indiferente olhar de enfermo sem cura, e balbuciou suplicante:

– Prepara-me uma injeção de morfina... Sim?

– Não!

– Ora!

– Não é possível, meu filho...

– Por amor de Deus!

– Não. Só logo mais, quando eu voltar.

O moço contraiu, aflitivamente o rosto, em cópia de toda a sua dolorida contrariedade; e abateu-se mais na cadeira, deixando pender a cabeça sobre o peito e abandonando os braços ao próprio peso.

– Sentes-te mal hoje? perguntou o pai.

O interrogado sacudiu os ombros indiferentemente, sem levantar o rosto.

Pobre criança!... pensou aquele, refranzindo as rugas da sua marmórea e despojada fronte de velho folgazão. Muito caro pagas tu a minha loucura de te haver dado a vida!... Maldita hora em que consenti, por conveniências de fortuna, me casassem com tua mãe!...

O enfermo, como se lhe percebera o pensamento, ergueu os olhos para fixar os do pai; e este acrescentou, agora falando:

– Que falta te fez ela na infância!... tua mãe!

O moço deu de ombros outra vez com a mesma desdenhosa indiferença.

– Minha mãe... tartamudeou depois, pondo-se a olhar um retrato de mulher que havia na sala. Minha mãe... sei cá!... Nem sequer a conheci!

E, insistindo em contemplar o retrato, disse ainda com um suspiro bocejado:

– Era bem bonita minha mãe...

– Bonita e boa! Não serias, talvez, assim inútil e perdido para a vida, se nos teus primeiros anos ela te inoculasse no espírito, com o seu amor, as idéias do Bem, que eu nunca tive! E prosseguiu, depois de sorver de um trago um novo cálice de *cognac*:

– Era uma boa criatura; era, não há dúvida! Honesta, friamente virtuosa, muito discreta e concentrada. Não sei se algum dia me amou, casou-se por obediência aos pais, foi sempre em absoluto indiferente às minhas carícias como às irregularidades da minha má conduta de homem casado! Mas, quem sabe, se ela não morresse logo depois do parto, se te não deixasse tão cedo sozinho comigo; quem sabe o que poderias vir a ser?... A nossa riqueza, o meu temperamento leviano e a educação ociosa e galante que me deram, tudo isso, meu pobre filho, conspirou contra ti e fez de teu pai o pior que até hoje existiu no mundo!...

O rapaz sacudiu novamente os ombros, com desprezo, enquanto o outro ia ainda esgotar um cálice de *cognac* à garrafeira do tremó.

– Ah! se ela não tivesse morrido tão cedo!... exclamou o velho estróina, lamentosamente. E acrescentou, como se precisasse descarregar a consciência numa humilhante confissão de todo o seu crime paterno: – Vê tu que desgraça! Fui eu, eu só, o teu exemplo na infância, o teu guia, o teu mestre – eu! Eu, que jamais compreendi deveres de espécie alguma, nem tive nunca esperanças no futuro, nem ambições de qualquer gênero, nem ao menos confiança e fé na família ou em Deus! Sei que sou homem, porque às vezes sofro! O companheiro fiel que me seguiu pela existência, meu filho, não foste tu, nem foi tua mãe ou algum amigo estremecido, foi a forte paixão pelos meus próprios vícios; e, na ausência destes, foi só o tédio que enxerguei sempre ao meu lado. Ah! como tenho remorsos de te haver feito viver!... Como fui mau, principalmente com relação a ti!...

– É exato! suspirou o filho.

– Como sou um pai digno da tua inutilidade e da tua degeneração! Como tu, pobre esqueleto gotoso, és bem o filho dos meus ossos!

E, depois de outro cálice de *cognac*, o velho começou a declamar, em uma explosão nervosa, agitando os braços e dando à voz inflexões teatrais:

– Fui na existência um navio inútil, sem carga, sem destino, sem bandeira e sem munições para nenhum combate! Vaguei, errante e perdido, por todos os mares largos do vício, sacudido por todas as tempestades e por todos os vendavais da intemperança e da luxúria! Cheguei à velhice como um casco naufragado, com a mastreação partida, as enxárcias estaladas e o cavername arrebentado! Eis o que sou!

O filho afastou-o com a mão, enfastiadamente, a torcer o rosto aflito em um esgar de repugnância.

– Vai-te embora!... murmurou. Já estás bêbedo!...

– E é este despojo, continuou a declamar o pai, sem levar em conta aquelas palavras; e é este resto de naufrágio que há vinte anos representa para ti, minha querida vítima, todo o teu passado e toda a tua família!... Oh! sem dúvida que não serias isso que aí está prostrado nessa cadeira, a implorar por amor de Deus uma injeção de morfina, se fosses gerado por qualquer outro homem!... Perdoa-me ter sido eu o teu pai, meu filho!

– Mas, vai-te embora! Vai-te embora, por piedade! Para que me hás de torturar?!

– Amo-te, entretanto, pobre criança! sempre te amei! O meu amor, porém, nunca te serviu de benefício; fez-te, ao contrário, caminhar até hoje pela minha mão no sombrio e úmido caminho da minha loucura, sem me lembrar, desgraçados de nós! que não tinhas tu herdado de mim, como eu herdei de meu pai, a resistência física que ele economizara durante a sua vida e que eu prodigamente gastei toda inteira, só comigo, nos meus prazeres egoístas!

– Mas, vai-te embora! São quatro horas. A primeira banca principia no Clube às quatro e meia! Vai-te embora! Vai jogar!

– Queres tu vir comigo?...

– Não.

– Vê se te resolves... Talvez até isso te faça bem...

– Não posso... Sinto-me mal.

– Como tens um pai diferente do pai que eu tive!... Aquele que ali está naquele quadro, ao lado de tua avó, ah! esse era um homem!

– Não recomeces, por amor de Deus! Vai-te embora!

– Aquele não conhecia tédios, nem fastios! Não tinha vícios! Trabalhou toda a vida! Triplicou a fortuna que herdou, e que eu desbaratei antes dos trinta anos! Era um justo!

– Já sei de tudo isso! já mo disseste mil vezes! Vai-te embora! Vai-te embora, se me não queres ver disparatar.

– Se eu tivesse ao menos amado tua mãe... é possível, se assim fosse, que te salvasses!... E como merecia ela ser amada!... a infeliz senhora!... Ah! se a conhecesses, meu filho!... (E a voz do miserável começou a estalar, ameaçando abrir em soluços). Era uma santa criatura! Fria, indiferente, mas resignada e casta!... Imagina que eu...

O outro, porém, ergueu-se possesso e começou a agitar-se por toda a sala, bradando desabridamente:

– Mas que mal fiz eu para me torturarem deste modo?!

– Acalma-te! Acalma-te!

– Arre! É muito! É demais!

– Acalma-te, meu filho!

– Acalmar-me, é boa! Já me não posso conter! Era isto que querias?! Pois aqui o tens! Daqui a pouco estou por terra, espumando!

63

– Não! Não te apoquentes! Saio já! Saio imediatamente!...

– Agora! Agora pouco me importa que saias ou não! O que eu não queria era cair neste estado! Vê como tremo todo! Olha como tenho já a língua! Olha para as minhas mãos!

– Vê se sossegas!...

– Que inferno! Que inferno! bramiu o moço. E, depois de puxar pelos cabelos e bater contra a cabeça os punhos contraídos, exclamou, de braços e olhos arrancados para o teto: – Mas, meu Deus! meu Deus! por que me fizeram viver! Que espírito cruel me chamou a esta vida de lama, sem indagar se eu tinha forças para arrastá-la pelo mundo! Por que me entalaram nesta prisão que me dói, onde meu pobre espírito ofega oprimido e a minha carne geme e os meus ossos estalam?! E para que me deixaram cá dentro do barro podre deste corpo só prestável para doer, esta maldita consciência que marca os segundos da minha agonia como um relógio de médico; esta enfermeira coberta de luto que ronda a minha insônia e pesa a minha incalculável miséria, grama a grama, numa balança de hospital?! Por quê?! Por quê?! Que mal fiz eu ao mundo, meu Deus?! Amaldiçoados sejam os criadores de existências e mais os seus agentes e os seus cúmplices! Amaldiçoado sejas tu, velho libertino!...

– Meu filho!...

– Vai-te para o diabo! Se ao menos pudesse eu matar-me! Mas o covarde instinto da vida agarra-me torpemente a esta carcassa epilética e leva-me de bruços pela existência, como a lesma rastejando na própria baba!

– Acalma-te, meu filho!

– Mostra-me então o meu lugar nesse alegre banquete, do qual nunca te levantaste! Mostra-me o meu talher e o meu copo! Aponta-me a cama da mulher que tenha lábios e braços para me amar ! Vamos! O que é do meu quinhão? Devoraste-mo tu, Falstaff! Choras, hein? mas choras repleto e ainda não saciado! Choras, bem vejo! mas tens rido a vida toda com todas as dissolutas que topaste no caminho! tens palpitado de comoção em todas as bancas de azar! tens te embriagado com todos os vinhos que existem na terra! E continuas a beber, a fumar, a viver noites inteiras no amor e no jogo; e eu?! O que foi que eu gozei até agora?! Deste-me para ama-de-leite uma das tuas cúmplices venéreas! desmamaste-me a *cognac*! levaste-me ainda criança a todos os lugares em que te corrompeste! fizeste-me, na idade em que se aprendem as orações, fumar e beber para divertir os teus companheiros de libertinagem e fizeste-me macaquear os libertinos para servir de histrião às tuas prostitutas! És um monstro! Sai da minha presença ou eu te mato!

– Não! não, meu filho, não quero que fiques mal comigo!... Não ficarás! Aqui tens morfina!

– Morfina?! Ah! dá-ma! dá-ma! Perdo-o-te tudo! Como és bom! como és bom, meu pai! Muito obrigado!

ÚLTIMO LANCE

Dez luíses!...

Era tudo que lhe restava!... Eram as últimas moedas da larga e velha herança que até a ele chegara, escorrendo sonoramente, de degrau em degrau, por uma nobre escadaria de avós. Dez luíses!...

E D. Filipe, depois de agitar na mão fidalga, as derradeiras moedas de ouro, encaminhou-se lentamente para o lugar que meia hora antes havia abandonado à banca da roleta.

De pé, apoiado ao espaldar da sua cadeira ainda vazia, deixou cair sobre o tabuleiro verde o seu frio olhar indiferente e altivo. Os números desapareciam afogados no ouro e na prata dos outros jogadores.

Permaneceu imóvel por longo tempo, sem ver o que olhava. Seus sentidos estavam de todo ocupados pelo pensamento que lhe trabalhava aflito dentro do cérebro: – Era preciso refazer a fortuna esbanjada, ou parte dela... Mas com cem mil francos, apenas cem mil! poderia salvar-se sem cair no ridículo aos olhos do meio em que se arruinara... Com cem mil francos correria, sem perda de tempo, a Paris, solveria as dívidas que ali deixara garantidas sob palavra, e logo em seguida, a pretexto de qualquer exigência da saúde, simularia uma viagem à Suíça e partiria para a América, com o que lhe restasse em dinheiro. Na América engendravam-se rápidas riquezas; descobriam-se dotes fabulosos! Se fosse preciso trabalhar – trabalharia!

Não sabia em que, e como, iria trabalhar, mas a miragem do novo mundo surgia-lhe à imaginação num sonho de ouro; numa apoteose de milagres de reabilitação, em que a sua incompetência para qualquer trabalho produtivo encontraria lugar entre os vencedores. Nenhum programa, nenhuma idéia acompanhava aquela esperança; confiava na América como confiara nas cartas e na roleta. Era ainda uma esperança de jogador. Era a cega confiança no acaso! Não seria a América também um tabuleiro verde, banhado pelo ouro da Califórnia?... Ele era a moeda jogada num último lance pelo desespero!

Iria!

E, depois?... Como seria belo volver à Europa, muitas vezes milionário, com um resto de mocidade, para continuar a gozar os vícios interrompidos?...

E, enquanto castelavam seus doidos pensamentos, sucediam-se os golpes da roleta, e o ouro e a prata dos jogadores perpassavam em rio por defronte dos seus olhos distraídos.

– Mas, e se eu perder?... interrogou ele à própria consciência.

E o fidalgo não teve ânimo de entestar com a solução que esta pergunta exigia, como se temesse abrir de pronto, a mesmo, um duro e violento compromisso com a sua honra.

Todavia, se perdesse aquele miserável punhado de moedas, que lhe restava além do... suicídio?... Que lhe restava no mundo, que não fosse ridículo e humilhante?...

E viu-se sem vintém, esgueirando-se como uma sombra pelas ruas escuras, com as mãos escondidas nas algibeiras do sobretudo, fugindo de todos, desconfiado de que a sua irremediável miséria fosse de longe pressentida como uma moléstia infecta. Teve um calefrio de terror.

As falazes hipóteses de salvação, que covardemente se lhe apresentavam ao espírito, lembrando amigos ricos e recursos inconfessáveis, eram amargamente repelidas pelo seu orgulho, ainda não vencido.

– *Faites vos jeux, messieurs!* exclamou o banqueiro.

E D. Filipe sorriu resignado e triste, como respondendo afirmativamente para dentro de si mesmo à voz que apelava para seus brios, e, depois de sacudir ainda uma vez as dez moedas, espalmou a sua linda mão inútil e, com um ar mais do que nunca indiferente e sobranceiro, despejou-as na seção do vermelho que à mesa lhe ficava em frente.

– *Rien ne va plus!*

Uma vertigem toldou-lhe a fingida calma.

A pequena esfera de marfim girava já no quadrante da roleta. Fez-se em toda a sala um silêncio que doía de frio.

Se naquele golpe, em vez de um número vermelho, viesse um número preto, pensou o desgraçado, qualquer mendigo das ruas seria mais rico do que ele!...

E a bola girava já com menos força, prestes a tombar no número vencedor.

O fidalgo deixou-se cair assentado na cadeira, fincando os cotovelos na mesa e escondendo o rosto nas suas duas mãos abertas.

A bola tombou no número. Vermelho!

Os dez luíses de D. Filipe transformaram-se em vinte. E o fidalgo não teve um gesto; esperou novo golpe, aparentemente imperturbável.

O tabuleiro esvaziou-se e de novo se encheu de reluzentes paradas. O banqueiro fechou o jogo; a bola girou, caiu.

Veio outra vez vermelho.

D. Filipe continuou imóvel, sem tirar as mãos do rosto. Sobre os seus vinte luíses derramaram-se outros vinte.

E o jogo continuou, silenciosamente.

E, no meio do surdo ansiar dos que jogavam, um terceiro número vermelho dobrou a parada de D. Filipe, que conservava a sua imobilidade de pedra.

Tão forte, porém, era o arfar do seu peito, que todo o corpo lhe acompanhava as pulsações do coração.

Vermelho!

E oitenta luíses despejaram-se sobre os oitenta luíses do jogador imóvel.

Vermelho!

E o ouro começou a avultar defronte dele.

Vermelho ainda!

E as moedas iam formando já um cômoro de ouro defronte daquela figura estática, da qual só se viam distintamente as duas mãos, muito brancas, ligeiramente veiadas de azul puro.

Ainda vermelho!

E a figura imperturbável parecia agora de todo petrificada. E as duas mãos brancas pareciam fitar escarninhamente os outros jogadores, rindo por entre os dedos fixos.

A imobilidade e a fortuna do singular parceiro começavam a impressionar a todos.

Vermelho!

E já os olhares dos homens e das mulheres não se podiam despregar daquele misterioso companheiro de vício, cuja fisionomia nenhum deles conhecia ainda, absorvido como até então estivera cada qual no próprio jogo.

Vermelho! Vermelho!

E o monte de ouro ia crescendo, crescendo, defronte daquelas duas mãos que pareciam cada vez mais brancas, mais escarninhas, e mais ferradas ao rosto do jogador imóvel.

Vermelho! Vermelho! Vermelho!

E as moedas alargavam a zona inteira, escorrendo por entre os cotovelos do jogador de pedra, e caíam-lhe pelas pernas inalteráveis, e rolavam tinindo pelo chão.

Vermelho! E os jogadores esqueciam-se do próprio jogo para só atentar no jogo do singular conviva; à espera todos que aquelas duas mãos de mármore se afastassem; que aquela escarninha máscara caísse, revelando alguém.

E a cada golpe uma nova riqueza vinha dobrar a riqueza acumulada defronte do sinistro mascarado de mármore.

Em vão, ao lado dele, uma formosa criatura, com ares de rainha e olhos de *soubrette*, aquecia-lhe havia meia hora a perna esquerda com a sua perna direita; em vão, por detrás da sua cadeira, formara-se um palpitante grupo de mulheres, que riam forte e lhe discutiam a fortuna, apostando, a cada novo golpe da sorte, se o original jogador sustentaria ou não o lance por inteiro.

E, já quando o vermelho era ainda uma vez anunciado pelo trêmulo banqueiro, partia de toda a sala uma explosiva exclamação de pasmo.

Era preciso tocar a cada instante o tímpano, pedindo atenção e silêncio.

Mas os comentários reproduziam-se, fervendo em torno da estátua feliz. Uns protestavam contra a loucura daquela pertinácia, pedindo para seu castigo um número negro; outros se entusiasmavam com ela e soltavam bravos de aplauso; outros ainda calculavam o ouro acumulado, somando os lances.

E o banqueiro, cada vez mais pálido, tomava com a mão trêmula a bola fatídica, e, a tremer, fazia-a girar na gamela dos números, e, a tremer, anunciava ofegante o número vencedor, que era sempre vermelho.

Cada número vinha acompanhado de um coro de pragas e gargalhadas.

Até que, num desalento do capitão vencido, o banqueiro, dando ainda o último vermelho, anunciou com uma voz de náufrago sem esperanças:

– Banca... à glória!

Mas, nem assim, o imperturbável jogador misterioso fizera o menor gesto; ao passo que em redor dele se acotovelavam os viciosos de ambos os sexos e de todas as nações, formando uma rumorosa e irrequieta muralha, ansiosa de curiosidade.

Chamaram-no de todos os lados, em todas línguas e em todos os tons.

Ele se não moveu.

Tocaram-lhe no ombro; tocaram-lhe na cabeça.

Nada!

Sacudiram-lhe o corpo.

A estátua continuou imóvel.

Então, dois homens, tomando cada um uma das mãos do fidalgo, arrancaram-lhas do rosto, enquanto um terceiro lhe levantava a cabeça.

E um só grito de horror partiu dentre toda aquela gente.

Quem à glória levara a banca e ali estava imóvel a jogar com eles durante a noite, provocado pelas mulheres e invejado pelos homens, era um cadáver frio, de olhos escancarados, a boca semi-aberta, e com duas lágrimas compridas escorrendo pela algidez das faces contraídas.

Largaram-no espavoridos; e o morto tombou com a cabeça sobre a mesa, colando o rosto e as mãos de mármore sobre o seu ouro, como se o quisesse defender da cobiça dos outros jogadores sobreviventes, que já discutiam aos gritos a legitimidade daquela posse.

O MACACO AZUL

Ontem, mexendo nos meus papéis velhos, encontrei a seguinte carta:

> *Caro senhor.*
> *Escrevo estas palavras possuído do maior deses-*
> *pero. Cada vez menos esperança tenho de alcançar o*
> *meu sonho dourado. – O seu macaco azul não me sai*
> *um instante do pensamento! É horrível! Nem um verso!*
> *Do amigo infeliz*
>
> PAULINO

Não parece um disparate este bilhete?
Pois não é. Ouçam o caso e verão!
Uma noite – isto vai há um bom par de anos – conversava eu com o Artur Barreiros no largo da Mãe do Bispo, a respeito dos últimos versos então publicados pelo conselheiro Otaviano Rosa, quando um sujeito de fraque cor de café com leite, veio a pouco e pouco, aproximando-se de nós e deixou-se ficar à pequena distância, com a mão no queixo, ouvindo atentamente o que conversávamos.
– O Otaviano, sentenciou o Barreiros, o Otaviano faz magníficos versos, lá isso ninguém lhe pode negar! mas, tem paciência! o Otaviano não é poeta!

Eu sustentava precisamente o contrário, afiançando que o aplaudido Otaviano fazia maus versos, tendo aliás uma verdadeira alma de poeta, e poeta inspirado.

O Barreiros replicou, acumulando em abono da sua opinião uma infinidade de argumentos de que já me não lembro.

Eu trepliquei firme, citando os alexandrinos errados do conselheiro.

O Barreiros não se deu por vencido e exigiu que eu lhe apontasse alguém no Brasil que soubesse arquitetar alexandrinos melhor que S. Exa.

Eu respondi com esta frase esmagadora:

– Quem? Tu!

E acrescentei, dando um piparote na aba do chapéu e segurando o meu contendor, com ambas as mãos, pela gola do fraque:

– Queres que te fale com franqueza?... Isto de fazer versos inspirados e bem feitos; ou, por outra: isto de ser ou não ser poeta, depende única e exclusivamente de uma coisa muito simples...

– O que é?

– É ter o segredo da poesia! Se o sujeito está senhor do segredo da poesia, faz, brincando, a quantidade de versos que entender, e todos bons, corretos, fáceis, harmoniosos; e, se o sujeito não tem o segredo, escusa de quebrar a cabeça, pode ir cuidar de outro ofício, porque com as musas não arranjará nada que preste! Não és do meu parecer?

– Sim, nesse ponto estamos de pleno acordo, conveio o Barreiros. Tudo está em possuir o segredo!...

E, tomando uma expressão de orgulho concentrado, rematou, abaixando a cabeça e olhando-me por cima das lunetas: – Segredo, que qualquer um de nós dois conhece melhor que as palmas da própria mão!...

– Segredo que eu me preso de possuir, como até hoje ninguém o conseguiu, declarei convicto.

74

E com esta frase me despedi e separei-me do Artur. Ele tomou para os lados de Botafogo, onde morava, e eu desci pela rua Guarda Velha.

Mal dera sozinho alguns passos, o tal sujeito de fraque cor de café com leite aproximou-se de mim, tocou-me no ombro, e disse-me com suma delicadeza:

— Perdão, cavalheiro! Queira desculpar interrompê-lo. Sei que vai estranhar o que lhe vou dizer, mas...

— Estou às suas ordens. Pode falar.

— É que ainda há pouco, quando o senhor conversava com o seu amigo, afirmou a respeito da poesia certa coisa que muito e muito me interessa... Desejo que me explique...

Bonito! pensei eu. É algum parente ou algum admirador de conselheiro Otaviano, que vem tomar-me uma satisfação. Bem feito! Quem me manda a mim ter a língua tão comprida?...

— Entremos aqui no jardim da fábrica, propôs o meu interlocutor; tomaremos um copo de cerveja enquanto o senhor far-me-á o obséquio de esclarecer o ponto em questão.

O tom destas palavras tranqüilizou-me em parte. Concordei e fomos assentar-nos em volta de uma mesinha de ferro, defronte de dois chopes, por baixo de um pequeno grupo de palmeiras.

— O senhor, principiou o sujeito, depois de tomar dois goles do seu copo, declarou ainda há pouco que possui o segredo da poesia... Não é verdade?

Eu olhei para ele muito sério, sem conseguir perceber onde diabo queria o homem chegar.

— Não é verdade? insistiu com empenho. Nega que ainda há pouco declarou possuir o segredo dos poetas?

— Gracejo!... Foi puro gracejo de minha parte... respondi, sorrindo modestamente. Aquilo foi para mexer com o Barreiros, que — aqui para nós — na prosa é um purista, mas que a respeito de poesia não sabe dintinguir um alexandrino de um decassílabo. Tanto ele como eu nunca fizemos versos; creia!

– Ó senhor! por quem é não negue! fale com franqueza!

– Mas juro-lhe que estou confessando a verdade...

– Não seja egoísta!

E o homem chegou a sua cadeira para junto de mim e segurou-me uma das mãos.

– Diga! suplicou ele, diga por amor de Deus qual é o tal segredo; e conte que, desde esse momento, o senhor terá em mim o seu amigo mais reconhecido e devotado!

– Mas, meu caro senhor, juro-lhe que...

O tipo interrompeu-me, tapando-me a boca com a mão, e exclamou deveras comovido:

– Ah! Se o senhor soubesse; se o senhor pudesse imaginar quanto tenho até hoje sofrido por causa disto!

– Disto o quê? A poesia?

– É verdade! Desde que me entendo, procuro a todo o instante fazer versos!... Mas qual! em vão consumo nessa luta de todos os dias os meus melhores esforços e as minhas mais profundas concentrações!... É inútil! Todavia, creia, senhor, o meu maior desejo, toda a ambição de minha alma, foi sempre, como hoje ainda, compor alguns versos, poucos que fossem, fracos muito embora; mas, com um milhão de raios! que fossem versos! e que rimassem! e que estivessem metrificados! e que dissessem alguma coisa!

– E nunca até hoje o conseguiu?... interroguei, sinceramente pasmo.

– Nunca! Nunca! Se o metro não sai mau, é a idéia que não presta; e se a idéia é mais ou menos aceitável, em vão procuro a rima! A rima não chega nem à mão de Deus Padre! Ah! tem sido uma campanha! uma campanha sem tréguas! Não me farto de ler os mestres; sei de cor o compêndio do Castilho; trago na algibeira o Dicionário de consoantes; e não consigo um soneto, uma estrofe, uma quadra! Foi

76

por isso que pensei cá comigo: "Quem sabe se haverá algum mistério, algum segredo, nisto de fazer versos?... algum segredo, de cuja posse dependa em rigor a faculdade de ser poeta?..." Ah! e o que não daria eu para alcançar semelhante segredo?... Matutava nisto justamente, quando o senhor, conversando com o seu amigo, afirmou que o segredo existe com efeito, e, melhor ainda, que o senhor o possui, podendo por conseguinte transmiti-lo adiante!

– Perdão! Perdão! O senhor está enganado, eu...

– Oh! não negue! Não negue por quem é! O senhor tem fechada na mão a minha felicidade! Se não quer que eu enlouqueça, confie-me o segredo! Peço-lhe! Suplico-lhe! Dou-lhe em troca a minha vida, se a exige!

– Mas, meu Deus! o senhor está completamente iludido... Não existe semelhante coisa!... Juro-lhe que não existe!

– Não seja mau! Não insista em recusar um obséquio que lhe custa tão pouco e que vale tanto para mim! Bem sei que há de prezar muito o seu segredo, mas dou-lhe minha palavra de honra que me conservarei digno dele até à morte! Vamos! declare! fale! diga logo o que é, ou nunca mais o largarei! nunca mais o deixarei tranqüilo! Diga ou serei eternamente a sua sombra!

– Ora esta! Como quer que lhe diga que não sei de semelhante segredo?!

– Não mo negue por tudo o que o seu coração mais ama neste mundo!

– O senhor tomou a nuvem por Juno! Não compreendeu o sentido de minhas palavras!

– O segredo! O segredo! O segredo!

Perdi a paciência. Ergui-me e exclamei disposto a fugir:

– Quer saber o que mais?! Vá para o diabo que o carregue!

– Espere, senhor! Espere! Ouça-me por amor de Deus!

– Não me aborreça. Ora bolas!

– Hei de persegui-lo até alcançar o segredo!

* * *

E, como de fato, o tal sujeito acompanhou-me logo com tamanha insistência, que eu, para ver-me livre dele, prometi-lhe afinal que lhe havia de revelar o mistério.

No dia seguinte já lá estava o demônio do homem defronte da minha casa e não me largava a porta.

Para o restaurante, para o trabalho, para o teatro, para toda a parte, acompanhava-me aquele implacável fraque cor de café-com-leite, a pedir-me o segredo por todos os modos, de viva voz, por escrito e até por mímica, de longe. Eu vivia já nervoso, doente com aquela obsessão. Cheguei a pensar em queixar-me à polícia ou empreender uma viagem.

Ocorreu-me, porém, uma idéia feliz, e mal a tive disse ao tipo que estava resolvido a confiar-lhe o segredo.

Ele quase perdeu os sentidos de tão contente que ficou. Marcou-me logo uma entrevista em lugar seguro; e, à hora marcada, lá estávamos os dois.

– Então que é?... perguntou-me o monstro, esfregando as mãos.

– Uma coisa muito simples, segredei-lhe eu. Para qualquer pessoa fazer bons versos, seja quem for, basta-lhe o seguinte: – Não pensar no macaco azul. – Está satisfeito?

– Não pensar no...

– Macaco azul? O que é macaco azul...?

– Pergunta a quem não lhe sabe responder ao certo. Imagine um grande símio azul ferrete, com as pernas e os braços bem compridos, os olhos pequeninos, os dentes muito brancos, e aí tem o senhor o que é o macaco azul.

– Mas que há de comum entre esse mono e a poesia?...

– Tudo, visto que, enquanto o senhor estiver com a idéia no macaco azul, não pode compor um verso!

– Mas eu nunca pensei em semelhante bicho!...

– Parece-lhe; é que às vezes a gente está com ele na cabeça e não dá por isso.

– Pois hoje mesmo vou fazer a experiência... Ora quero ver se desta vez...

– Faça e verá.

* * *

No dia seguinte, o pobre homem entrou-me pela casa como um raio. Vinha furioso.

– Agora, gritou ele, é que o diabo do bicho não me larga mesmo! É pegar eu na pena, e aí está o maldito a dar-me voltas no miolo!

– Tenha paciência! Espere alerta a ocasião em que ele não lhe venha à idéia e aproveite-a logo para escrever seus versos.

– Ora! Antes o senhor nunca me falasse no tal bicho! Assim, nem só continuo a não fazer versos, como ainda quebro a cabeça de ver se consigo não pensar no demônio do macaco!

* * *

E foi nestas circunstâncias que Paulino me escreveu aquela carta.

O IMPENITENTE

Conto-vos o caso, como mo contaram.

Frei Álvaro era um bom homem e um mau frade. Capaz de todas as virtudes e de todos os atos de devoção, não tinha todavia a heróica ciência de domar os impulsos do seu voluptuoso temperamento de mestiço e, a despeito dos constantes protestos que fazia para não pecar, pecava sempre. Como extremo recurso, condenara-se nos últimos tempos a não arredar pé do convento. À noite fechava-se na cela, procurando penitenciar-se dos passados desvarios; mas só reprimir o irresistível desejo de recomeçá-los era já o maior dos sacrifícios que ele podia impor à sua carne rebelde.

Chorava.

Chorava, ardendo de remorsos por não poder levar de vencida os inimigos da sua alma envergonhada; chorava por não ter forças para fazer calar os endemoninhados hóspedes do seu corpo, que, dia e noite, lhe amotinavam o sangue. Quanto mais violentamente procurava combatê-los, tanto mais viva lhe acometia o espírito a incendiária memória dos seus amores pecaminosos.

E no palpitante cordão de mulheres, que em vertigem lhe perpassavam cantando diante dos desejos torturados, era Leonília, com seus formosos cabelos pretos, a de imagem mais nítida, mais persistente e mais perturbadora.

Em que dia a vira pela primeira vez e como se fizera amar por ela, não o sei, que esses monásticos amores só chegam a ser percebidos pelos leigos como eu, quando o fogo já minou de todo e abriu em labareda, a lançar fumo até cá fora. À primeira faísca e às primeiras brasas, nunca ninguém, que eu saiba, os pressentiu, nem deles suspeitou. Certo é que, durante belos anos, Frei Álvaro, meia-noite dada, fugia aos muros do seu convento e, escolhendo escuras ruas e cosendo-se à própria sombra, ia pedir à alcova de Leonília o que lhe não podia dar a solidão da cela. Pertenceria só ao frade a bela moça? Não o creio. E ele? seria só dela? Também não, pois reza a lenda, donde me vem o caso, que, em vários outros pontos da cidade, Frei Álvaro era igualmente visto fora de horas, embuçado e suspeito, correndo sem dúvida em busca de profanas consolações daquele mesmo gênero.

Mas, no martírio da reclusão a que por último se votara, era seguro a lembrança de Leonília o seu maior tormento. E assim aconteceu que, certa noite, à força de pensar nela, foi tal o seu desassossego de corpo e alma, que o frade não pôde rezar, nem pôde dormir, nem pôde ler, nem pôde fazer nada. Com os olhos fechados ou abertos, tinha-a defronte deles, linda de amor, a enlouquecê-lo de saudade e de desejo.

Então, desistindo da cama e dos livros, pôs-se à janela, muito triste, e ficou longo tempo a consultar a noite silenciosa. Lá fora a lua, inda mais triste, iluminava a cidade adormecida, e no alto as estrelas pareciam que pestanejavam de tédio. Nada lhe mandava um ar de consolação para aquela infindável tortura de desejar o proibido.

De repente, porém, estremeceu, sem poder acreditar no que viam seus olhos.

Seria verdade ou seria ilusão dos seus atormentados desejos?... Lá embaixo, no pátio, dentro dos muros do convento, um vulto de mulher passeava sobre o lajedo.

Não podia haver dúvida!... Era uma mulher, uma mulher toda de branco, com a cabeça nua e os longos cabelos negros derramados.

Céus! e era Leonília!... Sim, sim, era ela, nem podiam ser de outra mulher aqueles cabelos tão formosos e aquele airoso menear de corpo! Sim, era ela... Mas como entrara ali?... Como se animara a tanto!...

E o frade, sem mais ter mão em si, correu a tomar o chapéu e a capa e lançou-se como um doido para fora da cela. Atravessou fremente os longos corredores, desgalgou a escadaria de pedra, e ganhou o pátio.

Mas o vulto já lá não estava.

O monge procurou-o, aflito, por todos os cantos. Não o encontrou.

Correu ao parapeito que dava do alto para a rua, sobre o qual se debruçou ansioso, e, com assombro, descobriu de novo o misterioso vulto, agora lá fora, a passear embaixo, à luz do lampião de gás.

Já impressionado de todo, Frei Álvaro desceu em um relance as escadas do átrio, escalou as grades do mosteiro e saltou à rua.

O vulto já não se achava no mesmo ponto; tinha-se afastado para mais longe. Frei Álvaro atirou-se para lá, em disparada, mas o vulto deitou a correr, fugindo na frente dele.

– Leonília! Leonília! Espera! Não me fujas!

O vulto corria sempre, sem responder.

– Olha que sou eu! Atende!

Leonília parou um instante, voltou o rosto para trás, sorriu, e fugiu de novo quando o monge se aproximava.

Afinal já não corria, deslizava, como se fora levada pelas frescas virações da noite velha, que lhe desfraldavam as saias e os cabelos flutuantes.

E o monge a persegui-la, ardendo por alcançá-la.

– Atende! atende! flor de minha alma! suplicava ele, já com a voz quebrada pelo cansaço. Atende pelo amor de Deus, que deste modo me matas, criminosa!

Ela, ao escutar-lhe as sentidas vozes, parecia atender, suspendendo o vôo, não por comovida, mas por feminil negaça, a rir provocadora, braços no ar e o calcanhar suspenso, pronta, mal o frade se chegasse, a desferir nova carreira. E assim venceram ambos ruas e becos, quebrando esquinas, cortando largos e praças. O frade tinha já perdido a noção do tempo e do lugar, e estava prestes a cair exausto, quando, vendo a moça tomar certa ladeira muito conhecida deles dois, criou novo ânimo e prosseguiu na empresa, sem afrouxar o passo.

– Vai recolher-se à casa!... concluiu de si para si. Não me quis falar na rua... Ainda bem!

Leonília, com efeito, ao chegar à porta da casa, onde outrora o religioso fruía as consolações que o seu mosteiro lhe negava, enfiou por ela e sumiu-se sem ruído.

O frade acompanhou-a de carreira, mas já não a viu no corredor e foi galgando a escada. Encontrou em cima a porta aberta, mas a sala tenebrosa e solitária; penetrou nela, tateando, e seguiu adiante, sem topar nenhum móvel pelo caminho.

– Leonília! chamou ele.

Ninguém lhe respondeu.

O quarto imediato estava também franqueado, também deserto e vazio, mas não tão escuro, graças à luz que vinha da sala do fundo. O religioso não hesitou em precipitar-se para esta; mas, ao chegar à entrada, estacou, soltando um grito de terror.

Gelara-lhe o sangue o que se lhe ofereceu aos olhos. Eriçaram-se-lhe os cabelos; invencível tremor apoderou-se do seu corpo inteiro.

A sala de jantar, onde tantas vezes, feliz, ceara a sós com Leonília, estava transformada em câmara mortuária, toda funebremente paramentada de cortinas de veludo negro, que pendiam do teto consteladas de lantejoulas e guarnecidas de caveiras de prata. Só faltava o altar. No centro, sobre uma grande eça, também negra e enfeitada de galões dourados, havia um caixão de defunto. Dentro do caixão, um cadáver todo de branco, cabelos soltos. Em volta, círios ardiam, altos, em solenes tocheiros, cuspindo a cera quente e o fumo cor de crepe.

O monge, lívido e trêmulo, aproximara-se do catafalco. Olhou para dentro do caixão e recuou aterrado.

Reconhecera o cadáver. Era da própria mulher que pouco antes o fora buscar ao convento e o viera arrastando até ali pelas ruas da cidade.

Sem ânimo de formular um pensamento, o frade deixou-se cair de joelhos sobre o negro tapete do chão e, arrancando do seio o seu crucifixo, abraçou-se com ele e começou a rezar fervorosamente.

Rezou muito, de cabeça baixa, o rosto afogado em lágrimas. Depois, ergueu-se, foi ter à eça, pôs-se na ponta dos pés para poder alcançar com os lábios o rosto do cadáver e pousou nas faces enregeladas um extremo beijo de amor.

Em seguida, olhou em derredor de si, desconfiado e tímido, e, como não houvesse na sala uma só imagem sagrada em companhia da morta, desprendeu do pescoço o crucifixo e foi piedosamente dependurá-lo na parede, à cabeceira dela.

Mas, nesse mesmo instante, as tochas apagaram-se de súbito e fez-se completa escuridão em torno do impenitente. Foi às apalpadelas que ele conseguiu chegar até a porta de saída e ganhar a rua.

Lá fora a noite se tinha feito também negra e os ventos se tinham desencadeado em fúria, ameaçando tempestade. O monge deitou a fugir para o mosteiro, sem ânimo de voltar o rosto para trás, como temeroso de que Leonília por sua vez o perseguisse agora até ao domicílio.

Quando alcançou a cela, tiritava de febre.

Acharam-no pela manhã sem sentidos, defronte do seu oratório, joelhos em terra, braços pendidos, cabeça de borco sobre um degrau do altar.

Só muitos dias depois, um dia de sol, conseguiu sair à rua, ainda pálido e desfeito. Seu primeiro cuidado foi correr aonde morava Leonília e rondar a casa que a vira morta. Encontrou-a fechada e com letreiro anunciando o aluguel.

— Está vazia depois que nela morreu o último inquilino, explicou um vizinho.

— Há muitos dias? quis saber o frade. E estremeceu quando ouviu dizer que havia uns oito ou dez.

— E o morador, quem era? perguntou ainda.

— Era uma mulher. Chamava-se Leonília... Morreu de repente...

— Ah!

— Se quer alugar a casa, encontra a chave ali na esquina... Frei Álvaro agradeceu, despediu-se do informante, foi buscar a chave, abriu a porta, entrou e percorreu toda a casa.

Só ele, além de Deus, soube a impressão que sentiu ao contemplar aquelas salas e aqueles quartos.

— Estranho caso!... disse consigo, sem ânimo de olhar de rosto para o temeroso abismo da sua dúvida. Fui vítima de uma alucinação que coincidiu com a morte desta querida cúmplice dos meus pecados de amor...

E, enxugando os olhos, ia retirar-se conformado com a dupla dor da saudade e do remorso, quando, ao passar rente de certa parede, estremeceu de novo.

Tinha dado com os olhos no seu crucifixo, do qual já nem se lembrava. Permanecia pendurado no mesmo ponto em que o monge o deixara na terrível noite.

PELO CAMINHO

Durara a pândega a noite inteira; uma dessas orgias banais, grosseironas, genuinamente fluminense; que principiam por um jantar de hotel, em gabinete particular, continuam durante a representação de qualquer teatro, depois durante a ceia no München, até as duas ou três horas da manhã, para terminar por um invariável passeio de carro aos arrabaldes da cidade.

Os quatro pândegos, dois rapazes e duas raparigas, armados de algumas garrafas de Cliquot, foram dar com os ossos na Tijuca quando o dia repontava.

O carro havia parado, e os libertinos, de taça em punho, sopeavam a rolha do *Champagne*, prontos para saudar o primeiro raio de sol que lhes viesse iluminar a orgia daquela noite perdida. Estavam perto da raiz da serra, numa encosta em que velhas árvores tranqüilas pareciam encolher-se de frio ao orvalhado relento. As montanhas, como gigantes estendidos ao longo do horizonte, dormiam ainda, agasalhadas nos seus lençóis de neblina. O repousado aspecto da natureza contrastava com a feição dissoluta daquela libertinagem ao ar livre. Do grupo dos folgazões evolava-se um capitoso vapor de loucura em pleno viço, de estroinice em flor, uma forte exalação de mocidade que ferve e crepita ao doido fogo dos primeiros vícios.

Irradiou o sol e as taças ergueram-se transbordantes.

– Ao amor! Ao prazer!

– Hurrah!

O bramido alegre ecoou na solidão dos vales, e uma das loureiras abriu a cantar uma cançoneta bufa, acompanhada nos estribilhos pelos três companheiros.

Entretanto, nessa mesma direção, outro grupo bem diverso lentamente se aproximava, subindo a estrada em tardio e cansado passo.

Era naturalmente algum enfermo acompanhado pela família, que demandava a serra da Tijuca, em busca de salvação nos ares puros. Vinha na frente uma cadeirinha carregada à moda antiga por dois negros; ao lado dela, caminhando a pé, guardava-lhe a portinhola um homem de cabelos brancos e respeitável aparência, o ar solícito e pesaroso; e, logo atrás, arrastava-se uma velha e triste carruagem de aluguel, com a cúpula fechada.

O novo grupo parou defronte do primeiro. Calaram-se os estróinas, e um destes, reconhecendo o homem que guardava o palanquim, ergueu-se, lívido e trêmulo de comoção. É que, por aquele velho, podia calcular com segurança quem era a infeliz criatura que ia ali enferma ou talvez moribunda. E, através das névoas da sua embriaguez, começou-lhe por dentro a ofegar a consciência, na medrosa previsão de remorsos e vergonha.

Os negros depuseram no chão o palanquim, desviaram do varal os ombros fatigados e afastaram-se, para descansar um instante.

Moveu-se então a cortina da portinhola; débil mãozinha arredou-a de dentro com dificuldade, e uma feminil cabeça loura surgiu à luz dourada da manhã. No rosto, mais pálido que o de uma santa de cera, fulguravam-lhe os olhos com estranho brilho.

E esses olhos deram com os olhos que a fitavam do outro grupo e cintilaram mais forte, num relâmpago seguido de um grito, que a cortina do palanquim abafou logo.

O moço, que a custo se conservara de pé no carro, deixou-se cair sobre as almofadas cobrindo o rosto com as mãos, enquanto os outros libertinos, esgotando a última taça, gritaram ao cocheiro que tocasse para a cidade.

O carro disparou.

– Ao amor! Ao prazer!

– Hurrah!

II

Tinham sido namorados. Ele era rico e belo, a moça, pobre e de feições modestas. O namoro fora em casa da família dela, antes do bandoleiro ser atirado à vida dos prazeres.

Um dia, depois de todos os juramentos trocados na linguagem dos olhos e na linguagem dos sorrisos, ele aproximou a sua cadeira da máquina de costura em que a moça trabalhava, e segredou:

– Se eu tivesse plena certeza de que me amas!...

Ela estremeceu e corou, abaixando os olhos.

Ele prosseguiu no mesmo tom: – E quanto sofro a pensar nisto!... São vagos desejos incompletos, um querer sem vontade, um desejar sem ânimo... E, no entanto, minha flor, sinto que me falta na vida alguma coisa, que talvez não seja só a tua ternura... Se me perguntarem o que é, não saberei responder... mas sinto que preciso dedicar-me a qualquer ideal, sacrificar-me por qualquer amor!

Ela deixara de coser e não levantava o rosto. Ele aproximou mais a sua cadeira e segredou ainda, tomando-lhe as mãos: – Tu me amas?... Fala!...

A moça estremeceu mais forte e levantou para o seu amado os olhos transparentes, no fundo dos quais brilhava agora o reflexo de uma esperança feliz.

– Sim... balbuciou, enrubescendo.

E por um instante sua doce alma de donzela sentiu aproximar-se a música de uma confissão de amor. E seu coração abriu, de par em par, as pétalas viçosas, para recolher a palavra ambicionada, a palavra insubstituível na vida da mulher. – Amo-te! – o sagrado "Amo-te" que toda a mulher, para ser feliz, precisa ter ouvido, da boca de um homem, pelo menos uma vez na existência.

Mas a desejada palavra não chegou aos ouvidos da moça, nem passaram dos lábios irresolutos do seu namorado. Alguém interrompeu o idílio. A leviana cadeira afastou-se, sem declarar o que tinha a dizer à modesta maquinazinha de costura.

III

Depois que o bandoleiro se ausentou de todo, a pobre moça ia contando os dias pelos progressos da sua mágoa. A dor e a tristeza cristalizaram-se em moléstia. Demais, fora sempre propensa às afeições pulmonares; a melindrosa suscetibilidade do seu frágil organismo reclamava, para o milagre da vida, o milagre do amor.

Como toda moça casta, sem brilhante prestígio de ouro ou de beleza, fora sempre concentrada e retraída. Não dividia com outros os seus tímidos desgostos de donzela e as suas humildes decepções de menina pobre. Um como íntimo recato de orgulhosa franqueza, um como consciente pudor da sua imaculada inferioridade, um como decoro da sua virtude inútil, faziam-na reprimir os soluços diante da família e das amigas, recalcando em segredo as lágrimas vencidas, que lhe subiam do coração e para o coração voltavam, sem ninguém que as compreendesse ou enxugasse.

Nunca lhe ouviram a sombra de uma queixa. Todavia, na sua angelical credulidade, chegara a crer houvesse, no circo ginástico da vida, alguma coisa entre os homens que não fosse egoísmo só e vaidade; chegou, pobre inocente! a supor que o fato de ser meiga, dócil, virtuosa e pura lhe valeria o amor do moço pelo seu coração eleito. E uma vez desiludida, a sua feminilidade, em vez de expandir em flor o aroma dos vinte anos, fechou-se em botão, para nunca mais recender, vencida, como foram vencidas as suas lágrimas.

E também nunca mais lhe voltaram às faces as rosas que a natureza aí lhe tinha posto para atrair as asas dos beijos amorosos; nem aos olhos tampouco lhe voltaram as alegrias com que dantes esperavam sorrindo o "Amo-te" sagrado. Enfermou de todo. Afinal sua existência era já um caminhar seguro para a morte. O pai estalava de desespero sentindo fugir-lhe irremissivelmente aquela vida estremecida, pouco a pouco, como um perfume que se evapora. Ela sorria, resignada. Estava cada vez mais abatida, mais fraca, parecia alimentar-se só com a muda preocupação da sua mágoa sem consolo. O pai levou-a a princípio para o Silvestre, depois para a raiz da serra da Tijuca; o médico, porém, à proporção que a moléstia subia, ordenou que fossem também subindo sempre, em busca de ares mais puros.

E lá iam eles, como um bando de foragidos, a fugir diante da morte. Só a doente parecia conformada com a situação, os mais se maldiziam e choravam. Ela sorria sempre, sempre triste, com o rosto levemente inclinado sobre o ombro.

Já quase se não distinguiam as suas falas, e só pelos olhos verdadeiramente se exprimia, que esses eram agora mais vivos e penetrantes. Às vezes, como se pretendesse desabituar-se de viver, fugia para um profundo cismar, de que a custo desmergulhava estremunhada. Pedia nesses momentos que lhe abrissem a janela do quarto, e o seu olhar voava logo para o azul, como mensageiro da sua alma que também não tardaria, com o mesmo destino, a desferir o vôo.

E assim foi que a maquinazinha de costura para sempre se conservou fechada e esquecida a um canto da modesta sala de jantar. Nunca mais a leviana cadeira se aproximou dela, para declarar o que lhe tinha a dizer.

IV

– Ao Amor! Ao Prazer! Hurrah! blasfemou o eco.

E o carro dos libertinos sumiu-se na primeira dobra da estrada.

O campo recaiu na sua concentração murmurosa.

A cadeirinha continuava no ponto em que a depuseram. O sol, ainda brando, derramava-se como uma bênção de amor, e nuvens de tênue fumo brancacento desfiavam-se no espaço, subindo dos vales como de um incensório religioso. O céu tinha uma consoladora transparência em que se lhe via a alma; pássaros cantavam em torno da tranqüila moribunda; ouvia-se o marulhar choroso das cascatas, a súplica dos ventos, a prece matinal dos ninhos. Toda a natureza parecia em oração.

A moça pediu que lhe abrissem a porta do palanquim e, reclinada sobre o colo do pai, fitou o espaço com o seu olhar de turquesa úmida. O azul do céu compreendeu o azul daqueles olhos celestiais. Houve entre eles um idílio mudo e supremo.

Ninguém em torno dava uma palavra; só se ouviam os murmúrios da mata, acordando ao sol e os esgarçados ecos da música dos Meninos Desvaliados que, para além da serra, tocava a alvorada. A moça continuou a olhar para o azul, como se se deixasse arrebatar lentamente pelos olhos. Encarou longo e longo tempo o espaço, sem pestanejar. Depois, duas lágrimas apontaram-lhe nas pálpebras imóveis e foram descendo silenciosas pela palidez das faces. Um sorriso que já não era da terra pairou um instante à superfície dos seus lábios puros.

Estava morta.

RESPOSTA

Sim, minha senhora, pode acreditar nas frases que me enviou na sua enternecida consulta, transcritas da carta que "Ele" lhe escreveu. São sinceras, afianço! Ai, minha senhora, como eu conheço esses casos!... A estas horas deve o infeliz estorcegar-se de agonia num dos círculos mais torturantes desse inferno subterrâneo do amor, para onde, depois dos beijos trocados à luz das estrelas ou no confidencial sigilo das alcovas, vão as almas penar tristemente com saudades e ciúmes às doidas e fugitivas horas que beberam de lábios juntos pela mesma taça agora partida. O amor, interrompido na plenitude do seu enlevo, é a mágoa maior e mais amarga que o coração conhece. O homem, quando se vê forçado a deixar a mulher que ama, mal dela se afasta, sente logo, a rondar-lhe os passos, a retardar-lhe a fuga, o doloroso espectro da sua felicidade perdida. E essa sombra expulsa com ele do paraíso, nunca mais o larga, acompanha-o, soluçando-lhe ao lado, gemendo e suplicando, a puxar-lhe a cada instante a negra túnica de desesperos que o infeliz a custo lá vai arrastando pela noite sem estrelas da sua retirada.

E se é ela que lhe foge dos braços... ah! então já não é mágoa, é dor, e verdadeira, que às vezes mata. Quando a mulher nos foge dos braços deixa-nos a alma vazia, como o abandonado molde de uma estátua.

93

Para onde formos, para onde fugirmos, havemos de levar a ausência dela. Em tudo que ouvirmos, em tudo que fizermos, havemos de sentir um pouco da sua essência, como se a ingrata se volatilizasse num doloroso aroma e estivesse a pairar sobre todas as cousas que nos cercam.

Cor, música, perfume, tudo nos diz que ela existe, mas tudo nos diz que ela está ausente de nós. Todos os objetos que vemos se ressentem dela, como se a nossa amada acabasse nesse instante de passar por eles. Descobrimos a marca do seu pé por todos os caminhos da nossa vida, o aroma da sua mão em todas as carícias que nos façam outras mulheres, um raio dos seus olhos mentirosos em todas as luzes da terra e em todas as luzes do céu, o negrume dos seus cabelos em todas as trevas do nosso abandono, e o eco do seu riso e a harmonia da sua voz em todos os nossos íntimos gemidos e em todos os gorjeios e todos os murmúrios da natureza.

A feiticeira abelha passou por nós, fugiu, sumiu-se, mas o cristal ainda geme, ferido, às vibrações produzidas pelo roçar da sua asa dourada!

Estranha natureza das cousas! Quando a mulher, que nos enchia toda a existência com o seu amor, nos foge repentinamente, nós, que havíamos nela tudo concentrado; nós, que fazíamos dela a nossa melhor preocupação e o nosso único egoísmo; nós, que com o seu vulto querido escondíamos todos os aspectos da vida, todas as outras criaturas da terra, e tudo, tudo, que não fosse o nosso próprio amor; nós, que só a ela víamos, só a ela sentíamos, só a ela amávamos; nós, uma vez despojados da sua presença, vamos encontrá-la virtualmente por toda a parte, a cada passo, e em todos os objetos que ela dantes não nos deixava sentir nem ver.

Como isto é penosamente verdadeiro, minha senhora!

Enquanto a possuíamos, ela representava para nós o mundo inteiro; perdêmo-la, é o mundo inteiro que para nós a representa agora. O sol que se levanta fala-nos dela; a noite ao cair lembra-a-nos com a sua primeira estrela. Uma mulher que passa, um pássaro que canta, tudo nos aviva a nossa saudade, tudo nos lembra a nossa amada ausente, tudo nos apunhala o coração. E quanto mais queremos esquecê-la, tanto mais a sua lembrança nos arrebata para as extintas épocas felizes do nosso amor. Os mais insignificantes fatos de então, dos quais até aí nem sequer nos recordávamos, transformam-se agora em objeto de saudade e fazem-nos chorar de dor.

E principiamos, minha senhora, a reconstruir todos e todos os episódios, até os mais íntimos, da vida de amantes que dantes tínhamos; começamos, com uma paciência inquisitorial, a apanhar do fundo da nossa saudade, um por um, todos os fragmentos do poema de amor que ela e nós estraçalhamos num fatal momento de cólera.

Não nos escapa a mais pequenina partícula do passado feliz; mergulhamos aos vales mais profundos da memória, para de lá voltarmos ofegantes com uma frase, uma palavra, um sorriso, que ela nos deu despreocupadamente nos tempos venturosos.

Tudo isso, todos esses nadas da ternura, têm agora grande valimento para nós; tudo isso ganhou prestígio e perfume aos olhos da nossa alma ferida. Uma flor sem destino que ela nos enfiara, um dia na botoeira do fraque; algumas palavras que de outra vez nos disse, assentada sobre os nossos joelhos; um suspiro que lhe escapou quando em certa ocasião lhe falávamos de outra mulher; um sonho em que lhe ouvimos dizer baixinho o nosso nome; tudo, tudo, para o que não atentávamos então, surge-nos agora ao espírito, repassado de um melancólico arrependimento de não termos sabido melhor aproveitar em tempo aquela felicidade, para sempre perdida.

E eis que vemos a sua imagem, nítida, real, estendida no leito, com os olhos meio cerrados, um leve sorriso, em que transparece uma pontinha de fatiga, a entreabir-lhe as pétalas da boca. Íamos então a sair e, enquanto abotoávamos o sobretudo, de costas, indiferentemente, víamos a sua imagem refletida no espelho. Ah! nessa ocasião, loucos que somos! não reparávamos quanto ela era formosa! Olhávamos saciados para o mármore do seu corpo como um guarda de museu olha a nudez das Vênus gregas.

E continua o martírio: Vêmo-la, agora vestida, esbelta, pronta para o passeio, a prender uma flor ao colo, enquanto nós, estendidos num divã, esperávamos por ela a fumar ou a ler. E vêmo-la assentada negligentemente à mesa do almoço, em roupa de manhã, ou mais tarde, às horas de calor, na chácara, a folhear um romance ou solfejar uma canção. E na rua, no teatro, na sala ou na alcova, é sempre ela que vemos, é sempre ela que encontramos, depois que ela nos fugiu dos braços.

E o tormento não pára mais, nunca mais, minha senhora! O cérebro não larga de raspar as paredes da memória. A saudade trabalha, trabalha dentro da nossa amargura, como uma toupeira dentro da terra, de dia e de noite, a escavar o passado, para extrair de lá as raízes do nosso amor com que ela, a bruxa, se alimenta. E é a chorar que sonhamos todas as sepultadas venturas que a perjura nos deu um dia; é com o coração aberto, a escorrer sangue, que nos arrastamos até a miragem dos beijos que já não existem; é com as asas partidas e as carnes alanhadas que de lá caímos desiludidos, desabando, como o anjo maldito, no mais fundo do abismo, da nossa dor sem esperança.

Ah, não! minha senhora, não! Ele não lhe mentia na carta que lhe escreveu. Responda e verá.

Mas é preciso preveni-la de uma coisa, e é que os frutos da reconciliação, por melhores, não valerão juntos uma só partícula da deliciosa mágoa que neste instante lhe faz arfar o seio e que ontem a levou tão comovida a consultar-me sobre o estado atual do seu coração.

Na união amorosa de um par, diz certo filósofo, é sempre um só o que ama; o outro deixa-o amar. Pois na separação deve ser o mesmo – um sofre e o outro deixa-o sofrer. É o que lhe dou de conselho, minha senhora – deixe-o sofrer. Deixe-o lá, que sofra sozinho, porque, quando chegar a sua vez, juro que V. Exa. não me consultará sobre o caso; todas as loucuras aconselhadas pelo seu próprio desespero lhe parecerão boas, desde que a conduzam para junto da pessoa amada.

AOS VINTE ANOS

Abri minha janela sobre a chácara. Um bom cheiro de resedás e laranjeiras entrou-me pelo quarto, de camaradagem com o sol, tão confundidos que parecia que era o sol que estava recendendo daquele modo. Vinham ébrios de abril. Os canteiros riam pela boca vermelha das rosas; as verduras cantavam, e a república das asas papeava, saltitando, em conflito com a república das folhas. Borboletas doidejavam, como pétalas vivas de flores animadas que se desprendessem da haste.

Tomei a minha xícara de café quente e acendi um cigarro, disposto à leitura dos jornais do dia. Mas, ao levantar os olhos para certo lado da vizinhança, dei com os de alguém que me fitava; fiz com a cabeça um cumprimento quase involuntário, e fui deste bem pago, porque recebi outro com os juros de um sorriso; e, ou porque aquele sorriso era fresco e perfumado como a manhã daquele abril, ou porque aquela manhã era alegre e animadora como o sorriso que desabotoou nos lábios da minha vizinha, o certo foi que neste dia escrevi os meus melhores versos e no seguinte conversei a respeito destes com a pessoa que os inspirou.

Chamava-se Ester, e era bonita. Delgada sem ser magra; morena, sem ser trigueira; afável, sem ser vulgar: uns olhos que falavam todos os caprichosos dialetos da ternura; uma boquinha que era um beijo feito de duas pétalas; uns dentes melhores que as jóias mais valiosas de Golconda; cabelos mais lindos do que aqueles com que Eva escondeu o seu primeiro pudor no paraíso.

Fiquei fascinado. Ester enleou-me todo nas teias da sua formosura, penetrando-me até ao fundo da alma com os irresistíveis tentáculos dos seus dezesseis anos. Desde então conversamos todos os dias, de janela contra janela. Disseme que era solteira, e eu jurei que seríamos um do outro.

Perguntei-lhe uma vez se me amava, e ela, sorrindo, atirou-me com um bogari que nesse momento trazia pendente dos lábios.

Aí! sonhei com a minha Ester, bonita e pura, noites e noites seguidas. Idealizei toda uma existência de felicidade ao lado daquela meiga criatura adorável; até que um dia, já não podendo resistir ao desejo de vê-la mais de perto, aproveitei-me de uma casa à sua contígua, que estava para alugar, e consegui, galgando o muro do terraço, cair-lhe aos pés, humilde e apaixonado.

– Ui! que veio o senhor fazer aqui? perguntou-me trêmula, empalidecendo.

– Dizer-te que te amo loucamente e que não sei continuar a viver sem ti! suplicar-te que me apresente a quem devo pedir a tua mão, e que marques um dia para o casamento, ou então que me emprestes um revólver e me deixes meter aqui mesmo duas balas nos miolos!

Ela, em vez de responder, tratou de tirar-se do meu alcance e fugiu para a porta do terraço.

– Então?... Nada respondes?... inquiri no fim de alguns instantes.

– Vá-se embora, criatura!

– Não me amas?

– Não digo que não; ao contrário, o senhor é o primeiro rapaz de quem eu gosto, mas vá-se embora, por amor de Deus!

– Quem dispõe de tua mão?

– Quem dispõe de mim é meu tutor...

– Onde está ele? Quem é? Como se chama?

– Chama-se José Bento Furtado. É capitalista, comendador, e deve estar agora na praça do comércio.

– Preciso falar-lhe.

– Se é para pedir-me em casamento, declaro-lhe que perde o seu tempo.

– Por quê?

– Meu tutor não quer que eu case antes dos vinte anos e já decidiu com quem há de ser.

– Já?! Com quem é?

– Com ele mesmo.

– Com ele? Oh! E que idade tem seu tutor?

– Cinqüenta anos.

– Jesus! E a senhora consente?...

– Que remédio! Sou órfã, sabe? de pai e mãe... Teria ficado ao desamparo desde pequenina se não fosse aquele santo homem.

– É seu parente?

– Não, é meu benfeitor.

– E a senhora ama-o?...

– Como filha sou louca por ele.

– Mas esse amor, longe de satisfazer a um noivo, é pelo contrário um sério obstáculo para o casamento... A senhora vai fazer a sua desgraça e a do pobre homem!

– Ora! o outro amor virá depois...

– Duvido!

– Virá à força de dedicação por parte dele e de reconhecimento por minha parte.

– Acho tudo isso imoral e ridículo, permita que lho diga!

– Não estamos de acordo.

– E se eu me entender com ele? se lhe pedir que ma dê, suplicar, de joelhos, se preciso for?... Pode ser que o homem, bom, como a senhora diz que é, se compadeça de mim, ou de nós, e...

– É inútil! Ele só tem uma preocupação na vida: ser meu marido!

– Fujamos então!

– Deus me livre! Estou certa de que com isso causaria a morte do meu benfeitor!

– Devo, nesse caso, perder todas as esperanças de...?

– Não! Deve esperar com paciência. Pode bem ser que ele mude ainda de idéia, ou, quem sabe? pode ser que morra antes de realizar o seu projeto...

– E acha a senhora que esperarei, sabe Deus por quanto tempo! sem sucumbir à violência da minha paixão?...

– O verdadeiro amor a tudo resiste, quanto mais ao tempo! Tenha fé e constância é só o que lhe digo. E adeus.

– Pois adeus!

– Não vale zangar-se. Trepe de novo ao muro e retire-se. Vou buscar-lhe uma cadeira.

– Obrigado. Não é preciso. Faço todo o gosto em cair, se me escorregar a mão! Quem me dera até que morresse da queda, aqui mesmo!

– Deixe-se de tolices! Vá!

– Dê-me ao menos um beijo, para a viagem!

– Nem meio!

– Nada?

– Nada. Vá!

Saí; saí ridiculamente, trepando-me pelo muro, como um macaco, e levando o desalento no coração. – Ah! maldito tutor dos diabos! Velho gaiteiro e libertino! Ignóbil maluco, que acabava de transformar em fel todo o encanto e toda a poesia da minha existência! – A vontade que eu sentia era de matá-lo; era de vingar-me ferozmente da terrível agonia que aquele monstro me ferrara no coração!

– Mas não as perdes, miserável! Deixa estar! prometia eu com os meus botões.

Não pude comer, nem dormir, durante muitos dias. Entretanto, a minha adorável vizinha falava-me sempre,

102

sorria-me, atirava-me flores, recitava os meus versos e conversava-me sobre o nosso amor. Eu estava cada vez mais apaixonado. Resolvi destruir o obstáculo da minha felicidade. Resolvi dar cabo do tutor de Ester.

Já o conhecia de vista; muita vez encontramo-nos à volta do espetáculo, em caminho de casa. Ora a rua em que habitava o miserável era escusa e sombria... Não havia que hesitar: comprei um revólver de seis tiros e as competentes balas.

– E há de ser amanhã mesmo! jurei comigo.

E deliberei passar o resto desse dia a familiarizar-me com a arma no fundo da chácara; mas logo às primeiras detonações os vizinhos protestaram; interveio a polícia, e eu tive de resignar-me a tomar um bonde da Tijuca e ir continuar o meu sinistro exercício no hotel Jordão.

Ficou, pois, transferido o terrível desígnio para mais tarde. Eram alguns dias de vida que eu concedia ao desgraçado.

No fim de uma semana estava apto a disparar sem receio de perder a pontaria. Voltei para o meu cômodo de rapaz solteiro; acendi um charuto; estirei-me no canapé e dispus-me a esperar pela hora.

– Mas, pensei já à noite, quem sabe se Ester não exagerou a coisa?... Ela é um pouquinho imaginosa... Pode ser que, se eu falasse ao tutor de certo modo... hein? Sim! é bem possível que o homem se convencesse e... Em todo o caso, que diabo, nada perderia eu em tentar!... Seria até muito digno de minha parte...

– Está dito! resolvi, enterrando a cabeça entre os travesseiros. Amanhã procuro-o; faço-lhe o pedido com todas as formalidades; se o estúpido negar – insisto, falo, discuto; e, se ele, ainda assim, não ceder, então bem – zás! morreu! Acabou-se!

No dia imediato, de casaca e gravata branca, entrava eu na sala de visitas do meu homem.

Era domingo e, apesar de uma hora da tarde, ouvi barulho de louça lá dentro.

Mandei o meu cartão. Meia hora depois apareceu-me o velhote, de rodaque branco, chinelas, sem colete, palitando os dentes.

A gravidade do meu trajo desconcertou-o um tanto. Pediu-me desculpa por me receber tão à frescata, ofereceu-me uma cadeira e perguntou-me ao que devia a honra daquela visita.

Que, lhe parecia, tratava-se de coisa séria...

— Do que há de mais sério, senhor comendador Furtado! Trata-se da minha felicidade! do meu futuro! Trata-se da minha própria vida!...

— Tenha a bondade de pôr os pontos nos i i...

— Venho pedir-lhe a mão de sua filha...

— Filha?

— Quer dizer: sua pupila...

— Pupila!...

— Sim, sua adorável pupila, a quem amo, a quem idolatro e por quem sou correspondido com igual ardor! Se ela não o declarou ainda a V. S$^{\text{a.}}$ é porque receia com isso contrariá-lo; creia, porém, senhor comendador, que...

— Mas, perdão, eu não tenho pupila nenhuma!

— Como? E D. Ester?...

— Ester?!...

— Sim! a encantadora, a minha divina Ester! Ah! Ei-la! É essa que aí chega! exclamei, vendo que a minha estremecida vizinha surgiu na saleta contígua.

— Esta?!... balbuciou o comendador, quando ela entrou na sala, mas esta é minha mulher!...

— ?!...

HERANÇAS

Duro o sobrecenho, a cara franzida e má, trabalhava ele sombriamente à sua secretária, importunado pelo rumor de duas vozes, uma de homem e outra de mulher, que altercavam na sala próxima, num arrastado crescendo de rixa habitual.

– Diabo! resmungou, coçando a cabeça. Já lá estão os dois a brigar! Não me deixam fazer nada!...

O ruído aumentou. Cruzaram-se injúrias mais fortes; ouviram-se punhadas e pontapés nos móveis.

– Que inferno!

E o rapaz arremessou a pena e correu à porta da sala, exclamando desabridamente:

– Então, meu pai! não tenciona acabar com isso?!

– Pois não vês que é tua mãe que me provoca?! berrou o outro, apoplético de raiva. Vem ouvir só o que ela me está dizendo, esta peste!

– Ora tenha juízo!...

– Malandro!

– Ouviste?!

– Não faça caso!...

– Especulador!

– É demais!

– Deixe-a lá!...

– Bêbedo! Covarde!

– Covarde?! Pois vou dar-te o pano de amostra da minha covardia, víbora assanhada!

E o homem atirou-se em fúria, de mãos prontas para fechar a mulher dentro das garras. Mas o filho, de um salto, susteve-lhe a carreira e apressou-o energicamente pelo vigoroso dorso, empurrando-o para o quarto onde trabalhava e cuja porta obstruiu com o corpo.

– Deixa-me, ou te arrependerás! bradou o pai, ameaçando-o com o punho cerrado.

– Acalme-se! O senhor já está em idade de ter juízo! Apre!

– Tento na língua! Olha que ainda sou homem para amassar vocês dois numa só pasta!

O filho não fez caso da nova ameaça, deu com ímpeto uma volta à maçaneta da porta e disse ao outro em tom seco:

– O senhor está hoje num dos seus dias, e eu preciso trabalhar, sabe? O melhor é pôr-se ao fresco! Vá dar um giro pela estrada. A lua já nasceu e os caminhos estão secos até a estação...

– Não vou! Ninguém aqui nesta casa tem o direito de mandar-me sair!

– Decerto, mas é melhor que se afaste... No fim de contas sou seu filho e pesa-me ter de faltar-lhe ao respeito para defender minha mãe.

– Chega a tempo esse escrúpulo... Não há que ver!...

– Não puxe palavras! Sinto-me pouco disposto a discutir e tenho muito que fazer!

– Pois não me provocasses! Não te fosses meter onde não eras chamado!

– Não o provoquei, ora esta! Meti-me na sua contenda com minha mãe, para lhe não deixar que batesse nela. Não seria a primeira vez. Sei até onde vai a força do seu gênio!

– Meu gênio! E podes tu falar dele?... Acaso tens tu melhor gênio do que eu?... Não me terás dado porventura as mais belas provas da tua brutalidade e da tua insolência?... Sempre te conheci feroz! Ainda bem pequeno, em um ímpeto de raiva, uma vez que no açude te quis constranger a nadar comigo, mordeste-me o braço como um cão! conservo até hoje no corpo o sinal dos teus dentes! olha! E, em um só tempo, o homem arregaçou até ao bíceps as mangas do braço esquerdo, e estendeu-o ereto e nu defronte dos olhos do filho. Este abaixou a cabeça com tristeza, sem desfranzir o sobrecenho...

– É exato... disse, saí aos meus... Juro-lhe porém que sempre me arrependo das minhas violências, mal as cometo... E, se ainda há pouco não intervisse na sua disputa com minha mãe, o senhor tê-la-ia espancado...

– E o que tinhas a ver com isso? Antes dela ser tua mãe, já era minha mulher! Tu lhe deves respeito, mas eu tenho o direito de ser respeitado por ela!

– Bom! Acabou-se! Vá dar um passeio; Vá que isso lhe fará bem...

– Não acabou tal! quiseste arrematar a contenda, pois agora é agüentar com ela! Se assim não fosse, escusava eu de estar aqui a trocar palavras contigo; já sabes que posso passar perfeitamente sem te ouvir a voz...

– Mas, afinal, onde quer o senhor chegar?

– Quero despejar os meus ressentimentos contra tua mãe e contra ti!

O rapaz sacudiu a cabeça com impaciência, e soprou forte todo o ar dos pulmões, cerrando mais as sobrancelhas.

O outro prosseguiu, resfolegando a miúdo:

– Ela, aos teus olhos, será tudo quanto quiseres; para mim é e sempre foi um demônio! uma fúria infernal! uma serpente venenosa!

– Lembro-lhe de novo que sua mulher é minha mãe!...

– Sei, e é por isso justamente que não a conheces. Não podes ver nela a verdadeira criatura que nela existe! Todas as mulheres são, para os seus competentes filhos, uns anjos impecáveis; mas, se aquele diabo te dissesse uma só parte do que a mim me repete a cada instante, na febre do rancor e da maldade, terias a cabeça em fogo como a minha me escalda neste momento!

– Basta! não quero saber disso!

– Hás de saber! Não aceito imposições!

– Peço-lhe então que se cale, ou se retire...

– Pedes-me? Com que direito? Acaso esperas tu que eu atenda aos teus pedidos? Só pedidos de amigos se tomam em consideração e tu nunca foste meu amigo!

– Se nunca fui seu amigo a culpa não é minha. O amor filial é sempre uma conseqüência do amor dos pais. Não nasce com o filho, é preciso formá-lo. Sei que amo minha mãe...

– Tal mãe, tal filho! Ela declara que me detesta; ele declara que nunca me amou...

– E o senhor?... amou-me algum dia?... No entanto o seu amor de pai devia ter nascido comigo, que sou seu filho. Eu tinha o direito, ao apear-me na vida, de encontrar o seu amor já de pé, à minha espera, ao lado dos gemidos de minha mãe parturiente; e foi só o amor materno que me recebeu, e só ele me vigilou o berço. Carícias de pai não me recorda havê-las recebido na idade em que se forma o amor no coração das crianças. Saí dos alugados braços de uma ama para o venal desterro de um internato de segunda ordem, onde bem raras vezes o senhor foi visitar-me. Nesse tempo, confesso-lhe, menos me lembrava das suas feições que das de outros pais que lá iam freqüentemente visitar os filhos mais felizes do que eu, nem sei, com franqueza! até como não cheguei a esquecê-las de todo! Do internato segui logo a trabalhar para um país estranho, onde suas cartas foram tão raras quanto foram as suas visitas ao colégio. Volto à minha terra, entro de novo nesta casa, sou friamente acolhido pelo senhor e, pouco depois, recebo ordem sua para tomar por esposa uma rapariga, que eu mal conhecia; recuso. O senhor insiste. Resisto a pé firme; o senhor opõe-me com empenho uma série de razões pecuniárias, que em nada alteram o meu propósito; e então o senhor ameaça-me, como se eu fora uma criança ou um imbecil, e lança-me à cara todas as brutalidades que lhe vêm à boca; eu pela primeira vez fico conhecendo o homem que é meu pai: começo a detestá-lo e, uma vez por todas, perco-lhe o respeito: insulto-o! Desde esse infeliz momento, toda a indiferença que o senhor tinha por mim transformou-se em ódio, ódio legítimo e mortal. E, de então até hoje, o senhor, apesar dos meus esforços em ser bom filho para minha mãe, não procura disfarçar sequer a profunda aversão que eu lhe inspiro! Não é esta a verdade?

— Sim, é! Eu te odeio, porque o teu proceder para comigo, negando-te a aceitar a esposa, cujo dote vinha salvar tua família da miséria, foi indigno e cruel, em vista da franqueza com que te falei e das súplicas que te fiz!

— Indigno?!

— Foi mais: foi degradante, porque foi uma extorsão, foi um roubo!

— Oh!

— Sim, um roubo! Posso prová-lo!

— Não! Não há razões que justifiquem a exigência de tal sacrifício, nem há homem de bom senso que se preste a casar pelas conveniências pecuniárias do pai!

— Ah! Eu fui um deles! Como tu, saí do colégio para aprender a ganhar a vida longe de minha terra; ao voltar a esta casa meu pai apontou-me, como te apontei, a mulher com quem devia eu casar. Recalcitrei, como tu recalcitraste; mas o pobre homem trouxe-me para este quarto, que era então o seu gabinete de trabalho, fechou-se comigo e, chorando, abriu-me o coração e contou-me a sua vida; disse-me que seu casamento tinha já sido feito em idênticas circunstâncias para salvar meu avô de uma vergonhosa ruína, e pintou-me nua e crua, tal qual como fiz contigo, a sua tristíssima posição. Ele, coitado, tinha aqui em casa uma órfã rica e feia, de quem era tutor, e de cujo dote lançara mão; a maioridade dela estava a bater à porta; ia chegar o momento da prestação de contas e meu pai não tinha com que. A sua última esperança era o meu casamento com a pupila, essa detestável criatura que foi depois tua mãe. Pois bem! eu, aliás apaixonado por outra mulher, de quem até hoje nunca mais me esqueci; eu não tive ânimo como tu tiveste, miserável, de abandonar meu pai ao desespero e ao opróbrio que o esperavam e sacrifiquei-me por ele. Era o meu dever de filho – cumpri-lo. Meu filho, por sua vez, não fez o mesmo a meu favor – lesou-me! É um ladrão!

– Cale-se, por amor de Deus! exclamou o rapaz, sentindo que a cólera, dentro dele a custo reprimida, ameaçava rebentar.

– Não me calarei! Hás de me ouvir!

– Oh! cale-se! cale-se! não me queira fazer mais desgraçado do que sou! Cale-se, ou não responderei por mim!

– Ameaças-me?! bramiu o pai. Não te tenho medo!

O rapaz cerrou os punhos, rilhando os dentes. Tremiam-lhe os músculos da face, tal era o esforço que fazia para conter-se.

E os dois olharam-se, em mudo e ofegante desafio. Pai e filho mediram-se com o mesmo ódio, com a mesma irascibilidade hereditária, com a mesma loucura consangüínea.

Uma palavra mais, só uma palavra, bastaria para os lançar um contra o outro.

Mas a porta da sala abriu-se de roldão, e a mãe acudiu, correndo para o filho, a cujo pescoço se agarrou com ímpeto.

– Meu filho, não lhe batas! não lhe batas, implorou a mísera.

– Não lhe tocarei! Obrigado, minha mãe... Ele, porém, que saia já da minha presença! Não o posso ver!

– Lembra-te de que ele é teu pai!...

– Seu pai, nunca! vociferou o outro. Não é possível que este monstro seja meu filho!

E, espumando de raiva, dirigiu-se à mulher, com o punho fechado e o braço estendido, quase a tocar-lhe no rosto:

– Esse bandido é teu sangue, é só teu sangue! Semelhante traficante nunca poderia ter procedido de mim! Concebeste-o de qualquer cigano ou de qualquer vaqueiro errante!

– Ah! gemeu a mulher em um grito de dor e de revolta, levando ao coração ambas as mãos, como se o tiveram apunhalado.

– Rua! berrou o pai. Sai já daqui de minha casa! Rua, miseráveis!

E atirou-se sobre o filho, para o lançar fora.

Ouviu-se então um bramido de fera assanhada. O rapaz, com um movimento rápido, empolgara-o pela cintura, gritando-lhe feroz:

– Tu é que sairás, infame! Vou despenhar-te pela escada!

E travou-se a luta, irracional e bárbara. Pai e filho eram ambos possantes e destemidos. O rapaz cingia o outro pelos rins e, aos arrancos, procurava arrojá-lo para o corredor. Mas o adversário resistia, e os dois estreitaram-se com mais gana, feitos em um só, em uma só mole ofegante e furiosa, que rodava aos trancos pela casa, levando aos trambolhões o que topava, despedaçando móveis e vidraças, esfregando-se pelas paredes, a rodar sempre, fundidos em um infernal abraço de ódio, filho de ódio, de ódio do mesmo sangue.

Afinal fraqueou o mais velho, caindo de joelhos. E o outro, de pé, começou a arrastá-lo penosamente para o lado da escada.

– Hás de sair! Hás de sair!

O arrastado forcejava para resistir ainda, escorando-se no chão com os pés, com as pernas e com os cotovelos; mas, polegada a polegada, ia cedendo. Arfavam como dois touros.

– Larga-me! Larga-me!

– Hás de sair! Hás de sair!

E aproximavam-se do patamar. Já parte do caminho estava vencida. Não tardaria o primeiro degrau. O mais velho, porém, a certa altura do corredor, fez um supremo esforço para erguer a cabeça e, pondo as mãos, suplicou de joelhos, quase sem fôlego:

– Pára aqui, por amor de Deus! Não me leves mais adiante!... Foi até aqui, neste lugar justamente, que eu, nestas mesmas condições, uma noite como esta... arrastei teu avô como me estás arrastando agora!... Não me leves além do que eu o levei!... Não seria justo!... Vingas-te-o!... Estamos quites!

A SERPENTE

João Braz foi jantar à Santa Teresa com o seu amigo Manuel Fortuna, como costumava fazer invariavelmente todos os domingos.

Eram ambos do comércio: João, guarda-livros, e o outro, estabelecido com uma loja de alfaiate. Grisalhando já entre os quarenta e os cinqüenta, não tinham eles todavia vinte anos quando se conheceram; e essa longa amizade jamais fora perturbada pelo menor atrito de caráter.

– A paz dos anjos seja nesta casa! exclamou João Braz, no tom risonho e tranqüilo com que, ao chegar os domingos à casa do velho amigo, dizia sempre e sempre essa mesma frase.

– Bons ventos o tragam, compadre, respondeu Manuel, estendendo-lhe a mão. Como tem passado? E minha afilhada, como vai?

– Sem novidade, graças a Deus. Lá foi mais o marido e os filhos visitar a sogra, na Piedade. Naturalmente só voltam amanhã no trem das nove e meia.

– D. Maria, já sei, está lá dentro?

– Está. Vá entrando, compadre.

E o guarda-livros enfiou sem cerimônia até a cozinha para ir entregar a dona Maria, que lá estava às voltas com o jantar e com a cozinheira, os pacotes de doces e frutas que ele trazia pendurados da mão esquerda.

113

Abraçaram-se formalmente, entre as palavras e os risos do costume.

João Braz era viúvo já pela segunda vez. Do primeiro matrimônio ficara-lhe uma filha, que, pelo batismo, o fizera compadre de Manuel, e depois, dezoito anos tais tarde, lhe dera um lindo casal de netos, agora constituídos no alegre enlevo da sua velhice.

Aqueles jantarinhos domingueiros em casa do amigo tinham para ele o irresistível encanto do mais velho hábito de sua vida. Mal cumprimentava os donos da casa, trocava a sobrecasaca por um rodaque de linho branco e estendia-se numa cadeira de balanço, sob as árvores do jardim, à espera que o chamassem para a mesa. O cozido, o vinho virgem e os motivos da conversa entre os três eram quase sempre os mesmos. Depois do café, os dois compadres armavam sobre as pernas o tabuleiro do gamão e enfiavam partidas até as dez e meia da noite, enquanto D. Maria se arranchava lá fora com as famílias da vizinhança, fazendo roda à porta da chácara ou passeando pelas aproximações da casa.

Manuel todavia não era casado com a sua companheira. Tendo, aos trinta anos, a recolhido como empregada para lhe tomar conta da casa, da despesa e das roupas brancas, deixou-se afinal entrar passivamente no inventário dessas cousas, e ela acabou por tomar conta também dele. Quando deram por si, estavam unidos pela mais legítima ternura e estavam conviventes no mais perfeito pé de igualdade.

D. Maria era honesta por índole, era sadia e limpa; o negociante sentiu-se bem ao lado dela e deixou-se ficar.

Terminado o jantar, Manuel foi, como de costume, buscar o gamão; e assentados um defronte do outro dispuseram-se os dois amigos à pachorrenta campanha, trocando logo as primeiras facécias e as primeiras risadas de todas as suas inumeráveis partidas.

114

– Mas então, compadre, interrogou João, armando o jogo; afinal que me diz você do que falei outro dia a respeito de D. Maria?... Está resolvido a...

– Ai mau! Já aí vem você com a mania! Tardava-me essa cantiga! Ora para que lhe havia de dar!

– Mania não, homem de Deus! É tudo que há de mais razoável e de mais justo! D. Maria é uma senhora séria... você não tenciona separar-se dela... por que, pois, não se casam logo?... Seria mais bonito!

– Mas por que diabo hei de me eu casar, se somos felizes assim como vivemos há treze para quatorze anos... Nunca até hoje nenhum de nós dois pensou em semelhante coisa... As nossas relações de amizade não podem ser mais limitadas e modestas. Ela não tem pretensões e eu, cá pelo meu lado, nada espero nem desejo fora do meu canto, onde vivo em boa paz, graças a Deus! Quando queremos sair, saímos ao teatro! vamos ao Passeio Público! vamos a toda a parte! Ninguém repara em nós! Por que então hei de eu agora tirar-me dos meus cuidados e casar?!... Não mo dirá você?!...

– Seria mais bonito!...

– Ora, deixe-se disso, compadre!

– É uma questão de moral!...

– Então, seu João, eu sou um homem imoral?... Por quê?

– Não digo isso, mas...

– Se tivéssemos filhos, vá! Convenho que seria de vantagem o casamento... mas, se até hoje eles não vieram, é natural que nunca mais venham.

– Não, compadre, o seu casamento com D. Maria não é só um ato de moralidade, é também um dever de gratidão e é bom cumprimento de justiça! Pois então uma mulher, uma senhora, dedica-se durante quatorze anos a um homem, procedendo sempre com a mais severa honestidade, ajudando-o na vida, tratando dele, aturando-o enfim! e, ao cabo de todo esse tempo, ele se não resolve a fazer por ela um pouco mais do que no primeiro dia das suas relações!... Não! não é justo, seu compadre! Tenha paciência, mas não é justo!

– Homem! Sabe de uma coisa? Não falemos mais nisto! Você quando mete a cabeça para um lado não há meio de tirá-la daí!

– Pois não falemos! não falemos! O meu protesto, porém, fica de pé!

Não falemos, não falemos, mas domingo seguinte, durante o joguinho, o compadre João Braz voltou à carga e acrescentou às novas escusas do amigo:

– É! nas suas condições dizem os homens geralmente a mesma coisa e afinal acabam sempre casando à última hora, quando a mulher está a despedir-se da vida e já nada aproveita por conseguinte com a tardia resolução do seu ingrato companheiro; ao passo que esse mesmo ato de justiça, praticado antes, em pleno gozo da existência, seria honroso motivo de verdadeira felicidade para ela!

– Ora, deixe-me em paz, compadre! Deixe-nos viver como vamos vivendo e preste mais atenção ao jogo, senão prego-lhe um gamão cantado.

– Pois vivam, continuem a viver seguros pela mão esquerda, mas eu cá ficarei com o direito de revoltar-me, se um dia, em caso extremo, resolver-se você a coonestar a sua união com D. Maria!

Manuel soprou com mais força e arregaçou as sobrancelhas, dando silenciosa cópia de quanto fatigava aquela torturante catequese. E continuou a jogar sem dizer palavra.

O outro prosseguiu, distraído do jogo:

– Além disso, é que pode você morrer de um momento para outro, sem ter tido tempo de pôr em ordem os seus negócios, e a pobre senhora ficar para aí desamparada no mundo! Você tem parentes em Portugal, até irmãos, se me

116

não engano, pois saiba então que, mesmo com testamento, esta casa e o que você possui no banco há de tudo parar em poder deles, arriscando ficar D. Maria sem ter onde cair morta e precisando na velhice andar pelas esquinas a pedir por amor de Deus um bocado de pão para matar a fome! Vamos lá! Isto lhe parece justo, seu compadre?!

– Oh! Não diga isso, criatura, que você me aperta o coração! Ora já se viu?!

– Pois é cumprir com o seu dever, homem. Case-se por uma vez!

E, como D. Maria nesse momento entrava do passeio, o moralista levantou-se, deixando o tabuleiro do gamão sobre as pernas do parceiro, e foi ter com ela, para lhe dizer à queima-roupa:

– Estive até agora conversando com o compadre a seu respeito, D. Maria! Mas isto é um cabeçudo de marca! Pergunte-lhe pelo que lhe falei e ajude-me também pelo seu lado!

Manuel soltou uma gargalhada.

– Sabes tu qual é agora a mania do João?... disse ele, voltando-se para a companheira. É casar-nos! Ora já se viu para que lhe havia de dar?... E não me larga, o teimoso! Não me fala noutra cousa!

– E não lhe parece que eu tenho razão? perguntou João Braz, dirigindo-se por sua vez a D. Maria, que os escutava imóvel, sorrindo em silêncio.

– Ah! respondeu ela com doçura. Eu estimaria... isso com certeza... Para que negar?... Casada sempre é outra coisa: Pode um mulher andar de cabeça erguida e pode mandar em voz alta, porque manda no que é seu! Mas, cá por mim, em boa hora o diga! dou-me por muito feliz em ter Deus me chegado para um homem como seu compadre, e nada exijo nem reclamo, porque muito já é o que ele faz por mim e pelos meus!

– E não dói a você a consciência, seu Manuel, exclamou João Braz, com a voz tragicamente comovida, estendendo o braço e derreando para um lado a cabeça. Não dói
a você a consciência ao ouvir estas palavras, que são a
expressão pura da virtude e da resignação?
– Pois bem! Pois bem! rosnou Manuel, quase vencido.
Havemos de ver! Havemos de ver!
– Não! replicou o outro energicamente: "Havemos de
ver" é uma promessa de caloteiro! Você o que não quer, já
sei, é incomodar-se, pois eu me encarrego de tudo! Amanhã
mesmo trato dos papéis. Está dito?
– Sim, sim! Veremos amanhã.
– Não! não! Já daqui não saio sem autorização para
correr os banhos! Quando me meto numa coisa, é assim! O
caso é estar convencido da justiça e da razão!
– Mas que desensofrimento! Que sangria desatada! exclamou Manuel. Irra! Parece que você vai salvar o pai da forca!
– Nada, meu amigo! O que se tem de fazer, faz-se logo.
– O pão endurece de um dia para outro! – E lá a senhora,
D. Maria, ajude-me a arrastar este egoísta! Segure-o pelos
ombros, que eu o seguro pelas pernas, e despejemos com
ele do terraço abaixo, se não nos autorizar já e já a tratar
amanhã mesmo dos papéis do casamento!
– Pois com um milhão de raios! vociferou afinal o per-
seguido, fugindo ao terrível compadre, que por pilhéria o
agarrava já pelas pernas. Arranje! arranje você lá os papéis
que quiser! arranje o diabo! mas deixe-me em paz e nunca
mais me fale em semelhante coisa! Apre! Pode gabar-se,
meu caro, de que é um serrazina de primeira força! Nunca
vi coisa igual!
– Ora bravo! aplaudiu João, batendo palmas. Até que
afinal você provou que é um homem de bem! Venha de lá
este abraço! E, quanto à senhora, os meus parabéns de amigo sincero! Amanhã mesmo trato dos papéis!

– Mas olhe lá, seu João... atalhou o outro, segurando-lhe o braço. Observo-lhe que não estou absolutamente disposto a prestar-me ao ridículo nesta idade! Só consinto no casamento se este for coisa muito íntima, muito em segredo, sem festas, sem convites e sem nada de barulho!

– Ó homem! volveu João Braz, o casamento faz-se de madrugada, um dia destes, na competente igreja sem que ninguém tenha que meter lá o nariz! E depois ficam vocês casados e dignamente unidos para sempre! Podemos é jantar, nós os três juntos esse dia; o que, para não alterar a praxe, bem pode ser num domingo. Hein? Que lhes parece?...

– Bom... Assim vá lá! cedeu Manuel.

– Fica então marcado para o domingo que vem?...

– Pois marque lá para domingo! Irra!

E assim foi. No domingo seguinte levou D. Maria à igreja de sua freguesia e voltaram de lá marido e mulher, graças a João Braz que tinha tudo despachado, com uma expedição capaz de envergonhar ao mais ativo agente de casamentos.

O jantar, já se vê, foi melhor nesse dia e regado mais copiosamente. D. Maria mandou matar peru e recebeu de mimo um leitão assado. Fez doces e comprou frutas e flores. Manuel, à tarde, admirou-se de ver entrarem-lhe pela sala algumas vizinhas com trajos de festa, acompanhadas pelos parentes e não se pôde furtar a parabéns e abraços, que lhe faziam torcer o nariz.

– Aquele compadre João Braz era o diabo! Afinal de contas tudo aquilo estava fora do programa!

Manuel principiava a arrepender-se do que tinha feito e parecia já menos alegre que nos outros dias.

D. Maria, essa pelo contrário, estava radiante e mostrava-se mais empertigada, mais dona de casa. À mesa falou aos convivas, com um ar empantufado e senhoril, que ninguém, ainda menos Manuel, até aí lhe conhecera.

Contudo, o bom homem, apesar de deveras contrariado por sair dos seus velhos hábitos, não se queixou; e, mal terminados os fervorosos brindes da sobremesa, foi pachorrentamente buscar o tabuleiro do gamão e armou-o sobre os joelhos, no lugar do costume, assentado defronte do vitorioso compadre.

D. Maria acabava nesse instante de assomar à porta da sala, palitando os dentes. Ao ver o marido, que armava a primeira partida, exclamou:

– Também vocês são terríveis com esse infernal gamão! Oh! nem mesmo no dia de meu casamento e com visitas aqui deixam o diabo do jogo!

E arrebatou das pernas dos dois parceiros o tabuleiro, com os dados, as pedras e os copos de couro, que se espalharam pelo chão.

João Braz soltou uma risada, supondo que aquilo era simples gracejo. Mas D. Maria acrescentou de cara fechada e com voz dura:

– Ó senhores! Que diabo, deixem-se dessa sensaboria uma vez ao menos! Tenham um pouco em conta o dia de hoje!

E afastou-se, muito escamada, sacudindo os quadris e abanando-se com o leque.

Os dois compadres, assentados um defronte do outro, como se fossem agora jogar o sisudo, olharam-se, sem ânimo de proferir palavra.

E assim que se pilharam a sós, Manuel segredou ao amigo.

– Você viu, compadre! Você viu o pano da amostra?

João não respondeu e Manuel murmurou, sacudindo a cabeça:

– Pode ser que me engane, e Deus o queira! mas suponho que para sempre me fugiu de casa a tranqüilidade!...

E tinha razão o pobre homem: tais cousas se foram sucedendo em casa dele que Manuel, meses depois, surgiu um dia no escritório do amigo e atirou-se numa cadeira esbaforido de cólera.

– Que houve de novo, compadre? que mais lhe aconteceu? perguntou o guarda-livros.

– Foi você quem se encarregou dos papéis para casarnos, não é verdade? bramiu o negociante. Pois, meu amigo, trate agora dos papéis do divórcio, porque este que aqui está nunca mais porá os pés na casa em que estiver aquela fúria! Nunca mais, ouviu!?

E aquele homem, até aí tão pachorrento, tinha agora uma catadura de tigre assanhado e dardejava ferozmente o guarda-chuva, ameaçando quebrar os globos das arandelas do gás.

– Arre! arre! berrava ele! Vá para o inferno e o diabo que a ature!

– Mas, compadre, reconsidere, escute! Você está fora de si, homem!

– Não! berrou Manuel, esbugalhando os olhos e rilhando os queixais. Não, com mil raios! Se me aproximar daquele demônio é para estrangulá-lo! não volto à casa! não quero ser assassino!

– Mas o que mais houve, compadre?

– Que houve?! – E o infeliz soltou uma gargalhada satânica. – Que houve?! Vá lá à casa e veja o estado em que deixamos tudo! Vá ver!

NO MARANHÃO

Quando eu tinba treze anos, lá na província, uma das famílias que mais intimamente se dava com a minha era a do velho Cunha, um bom homem, já afastado do comércio a retalho, onde fizera o seu pecúlio, e casado com uma senhora brasileira, D. Mariana.

Tinham um casal de filhos: Luiz e Rosa, ou Rosinha, como lhe chamávamos. Luiz era mais velho que a irmã apenas um ano e mais moço do que eu apenas meses.

Fomos por bem dizer criados juntos, porque, quando não era eu que ia visitá-los eram eles dois que vinham passar o dia comigo.

Morava na praia de Santo Antônio, num grande e belo sobrado, cujos fundos, como o de todas as casas do litoral da ilha do Maranhão, davam diretamente para o mar.

O Cunha, além desta casa, que era de sua propriedade, tinha um sítio onde ia freqüentemente passear com a família.

Quase sempre levavam-me também. O sítio chamava-se "Boa-Vinda" e ficava à margem do rio Anil, para além de Vinhais. Embarcava-se no próprio quintal da casa.

Esses passeios à Boa-Vinda constituíam um dos maiores encantos da minha infância. Criado à beira-mar na minha ilha, eu adorava a água; aos doze anos era já valente nadador, sabia governar um escaler ou uma canoa, amainar com destreza a vela num temporal, e meu remo não se deixava

123

bater facilmente pelo remo de pá de qualquer jacumaúba pescador de piabas.

Saíamos quase sempre no segredo da primeira madrugada e chegávamos ao sítio ao repontar do sol. Ah! que deliciosos passeios! Que belas manhãs frescas, deslizadas por entre os mangais, sentindo-se recender forte o odor salgado das maresias! E depois, lá no sítio, instalados na varanda de telha-vã, que prazer não era devorar o almoço, assentados todos em bancos de pau, de volta de uma mesa coberta de linho claro, a beber-se o vinho novo do caju por grandes canecas de terra vermelha! E depois – toca a brincar! Toca-a correr por aí afora, em pleno mato, cabelos ao vento, corpo e coração à larga!

E, à tarde, depois do jantar, quando a natureza principiava a cair nos desfalecimentos chorosos do crepúsculo, vínhamos todos assentar-nos na eira, defronte da casa, ouvindo o pio mavioso e plangente das sururinas que se acoitavam para dormir nas matas próximas. Então, Luiz ia buscar a sua flauta, Rosinha, o seu violão, e eu, acompanhado por eles, punha-me a cantar as modas mais bonitas de minha terra.

D. Mariana e o Cunha gostavam de ouvir-me cantar. Nesse tempo a minha voz tinha ainda, como minha alma, toda a frescura da inocência.

À noite, enfim, metiam-se de novo no balaio as vasilhas do farnel, carregava-se com tudo para bordo da canoa, estendia-se por cima uma vela de lona, em que nos assentávamos os três, Luiz, a irmã e eu; o Cunha tomava conta do leme, com a mulher ao lado; três escravos encarregavam-se dos remos; e rebatíamos para a cidade.

Tanto era risonha e viva a ida pela manhã, quanto era arrastada e quase triste a volta pela noite. D. Mariana começava a cabecear de sono; o Cunha punha-se a falar conosco sobre as nossas obrigações de aula no dia seguinte; Luiz em geral deitava-se com a cabeça no regaço da irmã; e eu esticava-me sobre a lona, de rosto para o céu, a olhar as estrelas.

Uma noite voltávamos do sítio nessas condições. Mas havia luar.

E que luar! Desse que parece feito para quem anda embarcado; desse que vai espalhando pelo caminho adiante brancos fantasmas que soluçam, correndo pelas águas, surgindo e desaparecendo com as suas mortalhas de prata, numa agonia de morte, como se fossem as almas aflitas dos afogados.

Tínhamos já passado Vinhais havia muito e íamos agora deixando atrás de nós, uma por uma, todas as velhas quintas do Caminho-Grande, que dão um lado para o Anil. D. Mariana toscanejava como de costume, recostada numa almofada, o rosto pousado na palma da mão; Rosinha, com um braço fora da canoa, brincava pensativa, com as pontas dos dedos na orla fosforescente que se fazia nas águas a cada rumorosa braceagem dos remos; Luiz cantarolava distraído; o velho Cunha, vergado sobre o braço do leme, com o seu grande chapéu de carnaúba derreado para a nuca, a camisa e o casaco de brim pardo abertos sobre o peito, fitava as praias que íamos percorrendo, como se a beleza daquela noite do Norte e a solidão daquele formoso rio azul lhe enleassem traiçoeiramente o espírito burguês, fazendo o milagre de arrebatá-lo para um devaneio contemplativo e poético.

Qual! No fim de longo recolhimento, quando passávamos em certa altura do rio, disse-me ele com um suspiro de lástima:

– Que desperdício de dinheiro e quanta incúria vai por aqui!... Vês aquelas ruínas cobertas de mato? aqui foi principiado há bem quarenta anos para um grande armazém de alfândega... nunca passou do começo! Teve a mesma sorte do cais da Sagração e do dique das Mercês! Que gente!

E eu pus-me a considerar as ruínas, que pareciam crescer à luz do luar; e o Cunha, possuído de uma febre de cen-

125

sura, continuava a derramar pelas tristes águas do Anil a sua cansada indignação contra os malditos presidentes de província, que tão mal cuidavam da nossa pobre e querida capital.

E, à marcha monótona e vagarosa da canoa, ia-se desdobrando lentamente ao lado de nós todo o flanco alcantilado da cidade.

Surgiu à distância o largo dos Remédios, elevando-se da praia como um velho baluarte dos tempos guerreiros. Ouvia-se já um rumor tristonho de casuarinas.

– Está ali! exclamou o Cunha estendendo o braço para o lado de terra. Para que esbanjar dinheiro com uma estátua daquela ordem, quando há por aí tanta coisa de necessidade séria de que se não cuida?...

Olhei a direção que o Cunha indicava e vi a estátua de Gonçalves Dias, erguida no meio do largo dos Remédios, toda branca, muito alta, triste ao luar como a solitária coluna de um túmulo.

Não achei ânimo nem palavras para protestar contra o que dizia o velho Cunha. De Gonçalves Dias sabia apenas que fora um poeta infeliz e nada mais.

– É! rosnou o pobre homem. Para o luxo de encarapitar aquele grande boneco no tope daquele imenso canudo de mármore – houve dinheiro! E dinheiro grosso! Todo o povo do Maranhão concorreu! Ao passo que para concluir o trapiche de Campos Melo, que é uma necessidade reclamada todos os dias pelo comércio, não apareceu ainda quem se mexesse? Súcia de doidos! Isto é uma coisa tão revoltante que, eu confesso, chego quase a arrepender-me de me ter naturalizado!

Tornei a olhar para a estátua e, não sei por que, as palavras do velho Cunha não me produziram desta vez a impressão de respeito que costumavam exercer sobre o meu espírito de criança. Pungia-me aquilo até como uma blasfêmia cuspida sobre uma imagem sagrada. Lá em casa de minha família todos veneravam a memória do nosso poeta, e na escola onde eu aprendia a escrever a língua portuguesa o meu próprio mestre lhe chamava a ele mestre.

No entanto, não opus uma palavra de defesa; mas, fitando agora de mais perto a branca figura de pedra, que na sua mudez gloriosa encara aquele mesmo mar que serviu de sepultura ao cantor das palmeiras de minha terra, achei-lhe o ar tão tranqüilo, tão superior, tão distante de mim e do Cunha, que balbuciei para este, timidamente:

– Mas, seu Cunha, se o povo lhe fez aquela estátua, é porque ele naturalmente a mereceu, coitado!

– Merece?! Por quê?! O que foi que ele fez?... "Minha terra tem palmeiras, onde canta o sabiá. As aves que aqui gorjeiam não gorjeiam como lá"?! Está aí o que ele fez! Fez versos!

E o Cunha, no auge da sua indignação, redobrou de fúria contra a loucura dos homens, que levantavam estátuas a poetas em vez de cuidar dos trapiches que o comércio a retalho reclamava.

Nesse instante a canoa deslizava justamente por defronte do largo dos Remédios.

A lua, perdida e só no meio do céu luminoso, banhava no seu misterioso eflúvio a imóvel e branca figura de mármore.

E Rosinha, que não prestara atenção à nossa conversa, abriu a cantar, com a sua voz cristalina de donzela, uma das cantigas mais populares do Brasil:

> Se queres saber os meios
> Porque às vezes me arrebata
> Nas asas do pensamento
> A poesia tão grata;
> Porque vejo nos meus sonhos
> Tantos anjinhos dos céus,
> Vem comigo, oh doce amada!
> Que eu te direi os caminhos
> Donde se enxergam os anjinhos,
> Donde se trata com Deus.

E aquela menina, na sua virginal singeleza, estava desafrontando Gonçalves Dias, porque são dele os versos que ela ia cantando aos pés da sua estátua, inocentemente; rendendo, sem saber, enquanto o pai o amaldiçoava, o maior preito que se pode render a um poeta: repetir-lhe os versos, sem indagar quem os fez.

Não sou supersticioso, nem o era nesse tempo, apesar dos meus treze anos, mas quis parecer-me que naquele momento a estátua sorriu.

Efeitos do luar, naturalmente.

UMA LIÇÃO

Era uma saleta ao lado de uma sala de jantar; ao fundo um reposteiro corrido com ares burocráticos; ao centro uma banquinha de charão conspurcada de cinza de charuto e nicotina diluída em saliva. É noite e a luz que vem de cima, transbordando de um globo de gás, ilumina o grupo de três velhotes, mais ou menos barrigudos, que conversavam em voz baixa e com voluptuoso interesse.

Um deles acabou de contar alguma coisa que ainda faz rir aos outros dois. E, tal é o riso, que os três amigos, segurando cada qual a competente barriga com ambas as mãos, deixam-se cair par as costas do sofá e arfam ao som uniforme da mesma gargalhada.

– Ora o Silveira!... Ora o nosso Silveira!... dizia um, aproveitando as curtas intermitências da hilaridade. Não sabia, desembargador, que você em rapaz fora tão levado! Ora o demo!

O desembargador, limpando as lágrimas do riso, ia talvez contar mais alguma das suas, quando o terceiro velhote segredou ao grupo:

– Homem, deixe lá falar! todos nós pagamos o nosso dízimo ao diabo. Aqui onde me vêem, pai de dois filhos homens, avô por aí naturalmente, e em vésperas de conselheiro do Estado; eu, acreditem, também tive as minhas rapaziadas...

Estas palavras acalmaram, como por feitiço, o riso dos outros dois, que se voltaram para quem as pronunciou, já dispostos a saborear a nova anedota.

– Uma ocasião – isto vai há coisa de uns trinta anos – principiou o quase conselheiro; uma ocasião, recolhi-me para o meu quarto de estudante, um pouco apressado pelo mau tempo, quando dou com uma rapariga muito bem parecida, que vinha em sentido contrário e sem guarda-chuva. Instintivamente parei defronte dela. O demônio da pequena tinha uns olhos!... Parei e logo em seguida retrocedi, acompanhando-lhe o passo.

Ela não deu resposta.

No fim de três minutos acrescentei:

– Por que não aceita o meu chapéu?... Não posso ver uma dama apanhar chuva deste modo!

– Obrigada, volveu ela, sem me voltar o rosto. E apressou o passo.

– Ingrata!

E apressei o passo também.

– Mau! exclamou a perseguida, estacando em frente de mim e desferindo-me um olhar, tão sobranceiro, imponente e tão digno, que eu abaixei as pálpebras e pedi-lhe perdão com um gaguejo.

– Não tive intenção de a magoar... disse. V. Exa. apanhava chuva e entendi que era do meu dever oferecer-lhe uma parte do meu chapéu.

– E se eu fosse para muito longe?...

– A verdadeira cortesia não olha distâncias!..

Ela, ao que parece, compreendeu a sinceridade das minhas palavras, porque interrogou logo, desfranzindo o rosto:

– Foi então por mera delicadeza que...?

– Juro-lhe que sim, minha senhora. Uma vez, porém, que V. Exa. se julga ofendida, peço-lhe mil perdões e sigo de novo o meu caminho...

130

Nisto, uma formidável rajada de vento passou por entre nós, e a chuva recrudesceu tempestuosamente.

– E, para provar que não minto, acrescentei, entregando-lhe o chapéu; tenha a bondade de levá-lo, e depois mo restituirá...

– E o senhor?...

– Ah! Eu moro muito perto; naquele sobrado de alugar cômodos. V. Exa. fará o obséquio de remetê-lo para o nº 5. Aqui o tem.

Ela consultou o tempo, mediu-me de alto a baixo e depois, tomando uma resolução, disse:

– Não! dê-me o seu braço e acompanhe-me ao canto da rua. Talvez apareça um carro.

Mal, porém, avançamos alguns passos, por tal forma recresceu a chuva, que era quase impossível prosseguir.

– E esta?... resmungou ela, muito contrariada. Esta só a mim sucede!... A maldita chuva aumenta, e nada de aparecer um carro!...

Ao chegarmos à esquina, tivemos de parar defronte da grande enxurrada que cortava a rua. Não era possível ir mais adiante. De carro, nem sinal! As casas fechavam-se todas, se bem que não passasse de nove horas da noite; os relâmpagos repetiam-se num bruxulear elétrico, os trovões abalavam os prédios e faziam tremer os vidros, gotejantes dos lampiões. Já ninguém se animava a afrontar o tempo; os próprios cães escondiam-se pelos batentes das portas trancadas.

E o meu belo par, muito impaciente, mordia os beiços e marcava compassos, espaçando a lama debaixo dos pés, sem dar palavra.

Eu também não dava.

Entretanto, não podíamos ficar ali: a peste da chuva crescia... crescia...

Em breve teríamos água até ao meio da canela. De vez em quando passava um carro, mas ao longe, com as rodas a levantar água, como as de um vapor.

– E agora?... perguntou-me a desconhecida, com raiva.

Eu sacudi os ombros.

Decorreu mais um instante.

– Se V. Exa. quisesse...

– Quê?

– É verdade que não tenho mais do que um pobre quarto de estudante, todavia...

– Entrar numa república?... Ora!...

– Perdão! Não é uma república, minha senhora. Moro naquele sobrado; casa muito séria, ocupo um quarto da frente, e...

– Que não pensariam seus companheiros!

– Moro só, V. Exa. não seria vista, nem desacatada por ninguém...

– Ainda assim seria estúrdio!...

– Em todo o caso, sempre me parece mais razoável do que ficar aqui, com este tempo!... A chuva não durará toda a noite... eu poderia arranjar um carro, e...

– Diga-me uma coisa: O senhor dá-me a sua palavra de honra em como será cavalheiro?

– Oh! minha senhora!...

– Jura que se portará condignamente comigo?... Jura que não me faltará ao respeito?...

– Dou-lhe minha palavra de honra!

– Bem. Aceito o seu convite. Estou certa de que o senhor não quererá desmerecer da confiança que me inspirou! E vamos, vamos que já me sinto resfriar até os ossos!

Dei-lhe de novo o braço e voltamos ambos por onde tínhamos andado.

Na ocasião em que eu acendia a vela que costumava ficar atrás da porta da rua, a senhora ainda insistia, cravando-me um olhar muito sério!...

– O senhor promete então que!...

– Pode entrar descansada, minha senhora!

E as nossas duas sombras estenderam-se juntas pelo fundo esvasamento de corredor.

Chegamos ao primeiro andar, abri meu quarto, dei luz ao gás, ofereci uma cadeira à bela hóspede e fui buscar a um canto uma garrafa.

– Acho que V. Exa. fará bem em tomar uma gota de *cognac*... propus, enchendo dois cálices. Está frio e talvez V. Exa. sinta os pés molhados...

– Não, os pés estão enxutos; trago galochas. Mas aceito. Bebido o *cognac*, a senhora começou a correr com os olhos uma silenciosa revista no aposento. Em seguida ergueu-se e foi, um pouco apavorada, contemplar de perto o meu esqueleto de estudo, que jazia pendurado ao fundo do quarto; depois encaminhou-se para a minha pequena mesa de trabalho, abriu os compêndios que aí estavam, fez uma careta de indignação à vista das gravuras de um tratado de fisiologia, que lhe caiu às unhas; e ficou muito espantada encontrando sobre o criado-mudo um revólver e um carregamento de balas inglesas.

– Isto então é o que se chama uma república?... perguntou afinal, abrangendo com um gesto o que seus olhos lobrigavam.

E depois da minha resposta:

– Mora inteiramente só?!

– Inteiramente.

– E tem família?

– Em Minas.

– Ah! É da província. Está há muito tempo na corte?

– Há cinco meses.

– Apenas?...

E aproximou-se de mim.

– É exato, disse eu. Ainda não conheço bem isto por aqui...

– Tem gostado?

– Nada posso dizer por enquanto. Minha vida tem sido tão pouco divertida... Saio de casa para as aulas, das aulas para o restaurante e do restaurante para casa. Ainda não tenho amigos...

– Deve então sentir muita saudade da família...

– Pudera! Vivi sempre em companhia dela, e agora, de um momento para outro, ficar assim tão só... tão...

– Por que não mora com outros estudantes?

– Ainda não descobri um bom companheiro. Além disso, sou mesmo um pouco esquisito de gênio. Prefiro estar só.

– Ah! Mas há de ter algumas relações...

– Muito poucas, e essas poucas em consideração a meu pai.

– E por que não freqüenta os teatros?

– Vou de vez em quando. Não posso perder noites seguidas: quero ver se faço dois anos em um só.

– Ah! é estudioso!...

– Não sou dos mais vadios...

– Bom será que continue assim. Esta cidade é muito perigosa para os rapazes...

– Ora! não é tanto como se diz... Eu, pelo menos, confesso que supunha outra coisa!... Sempre imaginei gozar no Rio de Janeiro uma vida mais divertida...

– Em que sentido?

– Em todos. A respeito de amores, por exemplo, sou de um caiporismo!...

– Creio que levantou o tempo!... observou a senhora, afastando-se de mim escrupulosamente e lançando olhar para a janela.

Eu supliquei perdão com um gesto de ternura e humildade.

– Tenha a bondade de ver se levantou o tempo! exigiu ela batendo com o pé.

– Chove a cântaros! Ah! mas pode ficar tranqüila, que eu sei respeitar a quem o merece...

Ela deixou-se cair numa cadeira, soltando um suspiro de resignação.

– V. Exa. toma uma xícara de café?... perguntei, indo buscar a máquina e a garrafa de espírito de vinho.

– Não se incomode por minha causa.

– Costumo fazer café todas as noites...

– Nesse caso...

– Tenho também requeijão e doce. Se V. Exa. quisesse... O que nos falta aqui é pão!

Ela sorriu à simplicidade destas palavras.

– E estou quase aceitando... respondeu já de bom humor, e vindo assentar-se perto da mesa, depois de tirar o chapéu e o mantolete.

– Bem. Vou num instante arranjar que falta!...

– Com este tempo? Não! não consinto!

– É um momento! Não me molho! Há uma confeitaria na esquina! Ora! quantas vezes não tenho feito o mesmo com tempo ainda pior!...

Ela tornou a sorrir.

– Quer ver?... perguntei, lançando sobre a cabeça uma grande capa de borracha, sacando as botinas e as meias e enrodilhando as calças nos joelhos. De um pulo estou lá e de outro cá!

Ela soltou uma risada.

Voltei daí a meia hora, não com os pães simplesmente, mas também com uma empada de camarões, uma galinha assada, alguns pastéis de Santa Clara, duas garrafas de Barganha e outra de moscatel de Setúbal.

– Que é isto, Nossa Senhora! exclamou a moça, largando o livro, que ficara a ler durante a minha ausência.

– Pareceu-me melhor cearmos juntos. Eu estou com tanto apetite!

135

– Que extravagância! Por isso é que vocês estudantes andam sempre atrapalhados no fim do mês!... Se esbanjam a mesada logo nos primeiros dias!...

– Mas eu faço nisto tanto gôsto... Espero que V. Exa. aceitará uma asa desta galinha, que me parece deliciosa. Vamos! arranja-se a mesa aqui mesmo.

– E eu posso ajudá-lo, declarou a senhora, afastando os meus livros e os meus papéis para um canto do quarto.

– Tenha a bondade de não segurar o tinteiro desse modo. Está quebrado...

– Estes estudantes! Ainda chove muito lá fora?

– Chih! horrorosamente! Um dilúvio!

– E eu aqui!...

– Não terá motivos para arrepender-se, verá! Bom! agora, faz favor? Dê-me aqueles embrulhos que eu trouxe.

– Pronto!

– Obrigado.

– Três garrafas!...

– Para que tanto vinho?

– Fica aí, se sobrar.

– Vocês!

– Muito bem! O diabo é que só temos um talher... Ah! posso arranjar-me com esta espátula e este canivete. Felizmente há dois pratos e não faltam copos. Principiemos!

– Isto contado não se acredita!

– Não sei onde esteja o mal!... Creio que não praticamos até agora nenhuma ação feia...

– Não digo que haja mal, nem que praticássemos ações feias, mas parece-me extraordinário, imprevisto pelo menos, achar-me neste momento ceando ao lado de um rapaz, que eu há duas horas não conhecia...

– Rapaz que procura merecer essa honra, esforçando-se para cumprir com os seus deveres de cavalheiro...

– O senhor como se chama?

– João Carlos do Souto. E a senhora?

136

– Não lhe posso dizer. Compreenderá que...

– Está claro, e não insisto...

– Espero mesmo que, se algum dia nos encontrarmos noutro lugar, o senhor guardará toda a discrição sobre estas casualidades de hoje...

– Oh! certamente, minha senhora!

– Sim, porque afinal de contas não me pesa na consciência o que sucedeu. .. Se não fosse esta maldita chuva!...

– Diga antes: esta chuva abençoada...

– Mau! Não vá por esse caminhar, que vai mau! nada de galanteios!...

– Já aqui não está quem falou!

E calamo-nos os dois por um instante, a mastigar em silêncio, enquanto lá fora o vendaval esfuziava contra as janelas.

– V. Exa. bebe tão pouco... não gosta de Borgonha?

– Gosto, e este me parece bem bom, mas não convém abusar. O senhor já tomou quase uma garrafa!... Cuidado!

– Ora, este vinho é inocente!

– Fie-se nisso!

– Quer mais um pouco?

– Vá lá!

– Além de que a chuva não parece disposta a parar tão cedo... Ainda sente muito frio?

– Já vai passando.

– Está aborrecida?

– Não. E a graça é que me chegou o apetite... Quer saber? vou repetir a empada!

– É tão bom comer em companhia, não é verdade? E agora, são bem poucas as vezes em que eu não como sozinho!... Isto para quem estava acostumado com família!... Por meu gosto, casava-me...

– Já tem noiva?

– Qual!

– Podia ter deixado alguma na província...

137

– Ninguém me quer...

– É porque ainda é cedo; quando chegar a ocasião...

– Estarei velho...

– Velho? tem graça. Que idade é a sua?

– V. Exa. não acredita. Dezoito anos.

– Só?

– Mostro ter mais, não é?

– Parece ter vinte e tanto.

– Mas está criança; eu sim é que me posso chamar velha...

– Tem vinte, aposto!

– Acrescente mais cinco.

– Vinte e cinco... Ninguém dirá.

– E então que idade represento?

– Aí dezoito, quando muito...

– Lisonjeiro...

– Afianço-lhe que não sou...

E, com o pretexto de servir-lhe o doce, fui aproximando a minha cadeira da sua.

– Quê... Pois o senhor ainda vai abrir essa terceira garrafa?...

– Não nos havemos de servir de Borgonha, para o doce...

– Não lhe faça mal!...

– Qual! Sou de cabeça muito forte!

– Então, à sua saúde!

– Obrigado. Toque!

– Sim, mas não precisa chegar-se tanto!...

– Eu não me estou chegando...

– Deixe-se disso! Lembre-se do que me prometeu!...

– Tem razão. Desculpe, e bebamos à saúde do feliz mortal que possui o seu coração...

– Não sei quem seja, mas acompanhado. Passe-me aquele queijo.

Em vez do queijo, o que lhe passei foi o braço em volta dos quadris, chamando-lhe a cabeça para junto dos meus lábios.

– Mau, mau, mau! exclamou ela, defendendo-se. O senhor parece que bebeu demais! Já não estou achando muita graça!

– Não são os vinhos que me embriagam... A senhora bem o vê.

– Não quero ver coisa alguma...

– Então, bem o sente...

– Não sinto nada!

– Adivinhe então, minha senhora, adivinhe o que não tenho ânimo de dizer, meu anjo!

– Ora bolas! Isso já passa de desaforo! solte-me! Se eu desconfiasse disto, não tinha entrado!

– Que queres?... A gente nem sempre se governa em certas ocasiões! És tão bela! tão bela! e eu te amo! Sim! Eu já te amo, minha flor!

E, como acompanhasse estas palavras com uma gesticulação em extremo correlativa, ela ergueu-se de improviso e fez menção de sair.

Alcancei-a já na porta do quarto e caí aos seus pés, envolvendo-a nos braços.

– Perdoa, perdoa, minha santa! exclamara, a cobrir-lhe de beijos as duas mãozinhas, que nessa ocasião me pareciam mais bonitas, sem luvas.

– Perdoa! sou um bruto, sou um grosseiro, mas...

– Quero sair! Já! Não fico aqui nem mais um instante! Deixe-me! Deixe-me!

– Pois sim, mas hás de sair depois de haver perdoado! Juro que estou arrependido do que fiz!

– Não sei! Deixe-me!

– Oh! Ainda chove tanto! Espere ao menos que chegue o carro que mandei buscar pelo caixeiro da confeitaria.

– Um carro?...

– Sim, e não deve tardar. É mais um segundo! Um segundo apenas!

– Mas se o senhor está com tolices!...

– Prometo não fazer nada!

– Jura!

– Juro!

– Ora, vamos a ver!

Acabamos de tomar café, quando a carruagem parou à porta.

– Ei-la aí! disse a tirana, pondo-se de pé.

– Ainda chove... observei eu timidamente.

– Não faz mal...

– Ao menos não se vá, fazendo de mim um juízo desfavorável, creia que...

– Não. Adeus. Não vou fazendo juízo algum! Adeus, obrigada!

– Jura que não está ressentida?...

– Pode ficar descansado. Adeus.

– Acredite que...

– Adeus!

– Não. Diga primeiro se ainda está contrariada! Com franqueza!

– Com franqueza – estou!

– Não me perdoa?...

– Não. Boa noite!

Acompanhei-a ao corredor e, já na porta da rua, ainda lhe pedi perdão.

* * *

Dois dias depois, entrando num hotel, habitado só por mulheres, fugiu-me da garganta um grito de pasmo:

– Que vejo?!... Pois é a senhora?! A senhora aqui?!

Ela soltou uma gargalhada e apontou-me com o dedo a três companheiras que lá se achavam.

– É o tal!...

– Ora esta!... resmunguei. Para que então me iludiu daquele modo?...

– Iludi! Ó filho, eu estava no meu papel, fazendo o que fiz; tu é que não estavas no teu acreditando! Quem te mandou ser tolo?...

* * *

– É boa! disse um dos velhotes. É muito boa!

E as três barrigas tornaram-se a agitar nas convulsões do riso.

FORA DE HORAS

Ora! Para que lhes hei de contar isto? Histórias do Norte! Histórias de amor! Cousas que não voltam mais! Era a última vez que eu ia ter com ela, e seria menos uma entrevista de amor do que um encontro de despedida; meus lábios pressentiam já ligeiro travor de lágrimas nos beijos que sonhavam pelo caminho. Fui. Ela me esperava à meia-noite, como de costume, espreitando por detrás da porta cerrada, descalça e palpitante de ansiedade e de susto. Eu costumava chegar furtivamente, cosendo-me à própria sombra pelas paredes da rua. Entrava; a porta fechava-se então de todo, surdamente, e nós ficávamos sendo um do outro até esgotar-se a noite. Ninguém desconfiava da nossa felicidade.

Vivia a minha amada em companhia de uma parenta velha, sua madrinha, viúva e rica, senhora de engenho, dona austera e venerável, devota até o fanatismo. A madrinha idolatrava-a loucamente. A casa era grande, antiga e nobre, povoada de agregados, de mucambas e muitos fâmulos. Para chegar ao quarto da afilhada era preciso atravessarmos, eu e ela, de mãos dadas, na escuridão, longos corredores e varandas; com o calcanhar no ar, a respiração suspensa, os sapatos fora. Mas que prêmio era ganhar o fim dessa jornada aflitiva e tenebrosa! A alcova lá no fundo, isolada do resto da casa, dava janelas sobre um jardim de árvores floríferas,

143

todo cercado de altos muros de convento e todo envolvido no doce mistério de uma fortaleza de amor.

Que delícia contemplar da altura das janelas silenciosas o céu todo orvalhado de estrelas, e beber o segredo da noite; cinturas presas, cabeças juntas, cabelos confundidos.

Ela não tinha mãe desde o berço e fora criada pela madrinha. Casara aos quinze anos e enviuvara aos dezoito.

A nossa loucura principiou no calor das valsas e foi-se derramando num delírio de mocidade até aquela perfumada alcova, onde a nossa última madrugada recolheu no seio o eco dos nossos derradeiros beijos.

A madrinha não me podia ver.

Ressentimentos de devota: Eu, nesse tempo, com pouco mais de vinte anos, supunha-me um batalhador predestinado a regenerar o mundo a golpes desapiedados contra as velhas instituições; tinha o meu jornal republicano e acatólico e duelava-me, dia a dia, ferozmente, com os redatores de um órgão ultramontano e com os velhos jornalistas conservadores. Imaginem se a velha me podia ver!

Era por toda a cidade apontado a dedo; amado pela metade da população e amaldiçoado pela outra. Os devotos enfureciam-se comigo e os padres pediam ao diabo que me carregasse para longe da minha província.

Ouviu-os o demo. Tive de partir para o Rio de Janeiro. E foi nas últimas horas precursoras desse triste dia que os mais amorosos lábios de mulher gemeram contra os meus a dolorosa cavatina precursora da saudade.

Ai! quantas lágrimas nos ensoparam os beijos e quantos soluços nos cortaram os juramentos de fidelidade! Só resolvemos separar-nos quando o horizonte já nos ameaçava com a aurora. E lentamente nos afastamos do nosso paraíso, mais tristes e mais mudos que os dois primeiros

144

amantes enxotados sobre a terra. Ao meu lado ela caminhava quase tão nua e certamente mais comovida e chorosa do que a primeira Eva.

– Espera! Espera ainda um instante, meu querido amor! suplicava-me entre beijos desesperançados, na ocasião de abrirmos a porta da rua. Espera! Diz-me um negro pressentimento que nunca mais nos veremos! Espera ainda! um instante só!

Mas era preciso separar-nos. O dia não tardaria a repontar e eu tinha de estar ao lado de minha família ao amanhecer. O vapor largaria cedo. Os amigos viriam buscar-me logo pela manhã. Era preciso ir!

– Adeus! Adeus!

E arranquei-me dos seus braços, enquanto desfalecida e soluçante ela se amparava contra a parede do corredor. E, para não sucumbir também, tratei de apressar a fuga e precipitei-me sobre a porta da rua.

Mas que horror! a chave já lá não estava na fechadura. Alguém de casa tinha carregado com ela.

– Ah! Foi Dindinha com certeza, disse dolorosamente a minha pobre amada. Meu Deus! meu Deus!

E quase sem poder andar, de tão nervosa e trêmula, voltou ao interior da casa e tornou a ter comigo, para me segredar aterrada que havia luz no quarto da madrinha.

– Descobriu tudo! Descobriu tudo! murmurou aflita. Fechou-nos! Estamos presos! Estamos perdidos!

– E agora?... perguntei, deveras agitado; lembrando-me da monástica altura dos muros do jardim.

– Não sei! Não sei! foi a única resposta que lhe obtive.

Tornamos à alcova, mais tristes e mais lentos do que de lá saímos. A idéia da nossa separação não nos acabrunhava mais do que a de ficarmos juntos à força. Se me doía abandonar aquele doce paraíso de amor, não me atormentava menos ter de ficar lá dentro prisioneiro.

145

E ela, perplexa, chorava, chorava, apertando a cabeça entre os formosos braços, numa angústia sem esperança de salvação.

Urgia, porém, tomar qualquer partido decisivo: o dia estava a chegar e eu não podia amanhecer ali, tendo de seguir para o Rio de Janeiro e embarcar dentro de poucas horas!

Afinal, a minha companheira de agonia muniu-se de coragem e foi bater de leve, muito de leve, no quarto da madrinha.

Silêncio.

Tornou a bater.

Bateu terceira vez.

– Quem está aí?

– Sou eu, Dindinha. Abra, por favor...

– Que quer a senhora a estas horas?

– Nada, Dindinha... Eu queria a chave da porta da rua...

– Para quê?

– Não me pergunte, Dindinha, por amor de Deus! e dê-me a chave... Peço-lhe por tudo que Dindinha mais deseja no mundo!...

– Não dou!

– Minha Dindinha...

– Não! não!

– Abra a sua porta ao menos...

E esta súplica foi já toda embebida de lágrimas e soluços.

A velha veio à porta e eu então pude espiar lá para dentro. Era um pequeno aposento, bem arrumado e limpo. Havia uma cômoda com um oratório, onde luzia uma lâmpada que era única a iluminar o honesto e tranqüilo dormitório. Pelas paredes aprumavam-se quadros de santos, contrastando com o retrato a óleo de um tenente de cavalaria, mal pintado, mas de olhinhos vivos e que parecia sorrir lá da sua moldura para a viuvinha, com o ar escarninho assim de quem diz: "Tu então, pequena, fizeste a tua falcatrua e foste apanhada, hein?... Pois é bem feito!"

A velha, assentada de novo na sua rede, conservava a fisionomia fechada e parecia implacável.

A afilhada, procurando esconder nos braços nus a pecadora nudez do colo, desfazia-se em lágrimas e nelas repisava as suas súplicas, jurando que nunca mais, nunca mais! por tudo que houvesse de sagrado! reincidiria naquela feia culpa!

– Não!

– Tenha pena de mim, Dindinha!...

– Quem é que estava aí com a senhora?!

A moça calou-se, de olhos baixos, arfando-lhe por sob a cambraia da camisa os seios atormentados.

– Diz ou não diz?

– É... é... Para que Dindinha quer saber?... Dindinha vai ficar zangada se eu disser...

– Diga quem é!

– Dindinha saberá depois...

– Pois então retire-se já daqui! Saia da minha presença!

– Não... Não... Eu digo... É...

E ouvi o meu nome balbuciado a medo no ouvido da velha.

Um charuto aceso, que lhe metessem pela orelha, não lhe produziria tanto efeito.

A devota teve um frouxo de tosse convulsa.

– Com efeito! rosnou afinal, contendo a custo uma explosão de cólera. Com efeito! Pois é esse alma perdida, esse ateu, esse monstro, que a senhora introduziu velhacamente em minha casa?!

– Tenha paciência, Dindinha... Ele parte esta manhã mesmo para o Rio de Janeiro...

– Paciência?!... É boa! Esse herege há de ficar aqui preso e só sairá com alto dia e na presença do senhor vigário geral e dos padres da Sé, a quem vou chamar! o público há de ver e apreciar o escândalo, para vergonha sua e para castigo dele! Paciência! Sim, hei de ter paciência, mas será para desmascarar aquele pedreiro livre.

A velha tinha chegado ao auge da cólera e já falava em voz alta.

Vi o caso perdido.

E a minha pobre cúmplice, de pé ao lado da rede, descalça e apenas resguardada pela trêmula camisa, abaixou ainda mais o rosto e deixou que as suas perdidas lágrimas lhe corressem ao suspirado resfolegar do peito.

A velha conservava-se inflexível. Mas a afilhada chegou-se mais para junto dela e, pousando carinhosamente uma das mãos nos punhos da rede, começou a embalá-la de leve, e começou a murmurar num flébil queixume ressentido:

– Dindinha, entretanto, não devia fazer assim comigo... Dindinha bem sabe o muito que lhe quero e o muito que a respeito... Mas Dindinha devia lembrar-se de que enviuvei com dezoito anos e tenho apenas vinte... devia lembrar-se de que sou moça e que o rapaz a quem amo não pode sequer aproximar-se de Dindinha...

– Confiada!

– ... Devia lembrar-se que... certa noite... (e abaixou mais a voz) quando eu era ainda pequenina e dormia no mesmo quarto com Dindinha... já depois que meu padrinho se separou de vosmecê... o tenente Ferraz, que ali está pintado na parede, saltou a janela do nosso quarto e Dindinha o recebeu nos braços, depois de ter ido verificar se eu estava dormindo...

– Cala-te, doida!

– Eu estava bem acordada, mas fiquei quietinha na minha rede, fingindo que dormia, só para ser agradável à Dindinha... e ouvi todas as palavras de ternura que o tenente disse ao ouvido da Dindinha... E nunca falei disto a ninguém... Ouvi tudo! Por sinal que o tenente dizia: "Eu te amo, minha flor! Eu te amo como um louco! Se quiseres que..."

Mas a velha interrompeu-a.

– Cala-te! Cala-te! disse.

A sua fisionomia tinha pouco a pouco se transformado com as palavras da afilhada e ia ganhando um triste e
compassivo ar de desconsolação. Os olhos relentaram-se-
lhe de saudade com aquele frio recordar do passado.
Quando a rapariga quis continuar as suas revelações,
ela interrompeu-a de novo com um fundo suspiro e acrescentou com a voz quebrada pela comoção:

– Cala-te, minha filha!... Aí tens a chave... Abre-lhe a
porta... Vai! vai, antes que amanheça... E deixa-me só! deixa-
me ficar só!

INVEJA

Era uma rica tarde de novembro. O sol acabava de retirar-se naquele instante, mas a terra, toda enrubescida, palpitava ainda com o calor dos seus últimos beijos.

O céu, vermelho e quente, debruçava-se sobre ela, envolvendo-a num longo abraço voluptuoso; de todos os lados ouvia-se o lamentoso estridular das cigarras, e as árvores concentravam-se, murmurando, em êxtases, como se rezassem a oração do crepúsculo.

Àquela hora de recolhimento e de amor a natureza parecia comovida.

A noite abria lentamente no espaço as suas asas de paz, úmidas de orvalho, prenhes de estrelas que ainda mal se denunciavam numa palpitação difusa. Uma boiada recolhida ao longe, abeberando nos charcos do caminho, e bois tranqüilos levantavam a cabeça, com a boca escorrendo em fios de prata, e enchiam a solidão das clareiras com a prolongada tristeza dos seus mugidos. Num quintal, entre uma nuvem de pombos, uma rapariga apanhava da corda a roupa lavada que estivera a secar durante o dia; enquanto um homem, em mangas de camisa, passava pela estrada, cantando, de ferramenta ao ombro. De cada casa vinha um rumor alegre de famílias que se reúnem para jantar, e, junto com latidos de cães e choros de criança, ouvia-se o contente palavrear dos trabalhadores em descanso, ao lado da mulher e dos filhos.

Entretanto, um padre ainda moço, depois de passear silenciosamente à sombra das árvores, foi assentar-se, triste e preocupado, nos restos de uma fonte de pedra, cuja pobreza as ervas disfarçavam com a opulência da sua folhagem viçosa e florida. E aí ficou a cismar, perdido num profundo enlevo, como se o ardente perfume daquela tarde de verão fora forte demais para a sua pobre alma enferma de homem casto.

Estranhos e indefinidos desejos levantavam-se dentro dele, pedindo confortos de uma felicidade que lhe não pertencia e levando-o a cobiçar uma doce existência desconhecida, que seu coração magoado e ressentido mal se animava de sonhar por instinto.

E, assim, vinham-lhe à memória, com uma reminiscência dolorosa, todas as suas aspirações da infância. Ah! nesse tempo, quanta esperança no futuro!... Quanta inocência nas suas aspirações!... Quanta confiança em tudo que é da terra e em tudo que é do céu!... Nesse tempo não conhecia ele a luta dos homens contra os homens; não conhecia as guerras da inveja e as guerras da vaidade; não conhecia as humilhantes necessidades deste mundo; não conhecia ainda a responsabilidade da sua vida e não sabia como e quanto dói ambicionar muito e nada conseguir. Ah! nesse tempo feliz, ele era expansivo e risonho. Nesse tempo ele era bom.

Mas, continuou a pensar, cruzando sobre o fundo estômago as mãos finas e descoradas, enterraram-me numa casa abominável, para ser padre. Deram-me depois uma mortalha negra e disseram-me: "Estuda, medita, reza e faze-te um santo! És moço? Pois bem! quando o sangue, em ondas de fogo, subir-te à cabeça e quiser estrangular os teus votos, agarra aquele cilício e fustiga com ele o corpo! quando vires uma mulher, cujo olhar, úmido e casto, te faça sonhar os deslumbramentos do amor, bate com os punhos cerrados contra o teu peito e alanha tua carne com as unhas, até

152

que sangres de todo o veneno da tua mocidade! Fecha-te ao prazer e à ternura, fecha-te dentro da tua fé, como se te fechasses dentro de um túmulo!".

E, com estas recordações, o infeliz quedara-se esquecido, a olhar cegamente para a paisagem que defronte dele ia pouco e pouco se esfumando e esbatendo nos crepes da noite; ao passo que no céu as estrelas se acendiam.

Desde que o destinaram a padre, sentia-se arrastado para a tristeza e para a solidão; achava certo gozo amargo em deixar-se consumir pela áspera certeza da sua inutilidade física. Não queria a convivência dos outros homens, porque todos tinham e desfrutavam aquilo que lhe era vedado – o amor, a alegria, a doce consolação da família. O que ele desejava do fundo do seu desgosto era morrer, morrer logo ou quando menos envelhecer quando antes; ficar feio, acabado, impotente; que o seu cabelo de preto e lustroso se tornasse todo branco; que o seu olhar arrefecesse; que os seus dentes amarelassem e a sua fronte se abrisse em rugas. Desejava refugiar-se covardemente na velhice como num abrigo seguro contra as paixões mundanas.

Sofria ímpetos de arrancar aquele seu coração importuno e esmagá-lo debaixo dos pés. Não se sentia capaz de domar a matilha que lhe rosnava no sangue; sobressaltava-se com a idéia de sucumbir a uma revolta mais forte dos nervos, e só a lembrança de que seria capaz de uma paixão sensual sacudia-o todo com um frio tremor de febre.

– Todavia... replicou-lhe do íntimo da consciência uma voz meiga, medrosa, quase imperceptível – todavia, o amor deve ser bem bom!...

E dois fios compridos escorreram pelas faces pálidas do padre.

Nisto, o canto de um passarinho fê-lo olhar para cima. Na embalsamada cúpula de verdura que cobria a monte o inocente intruso trinava ao lado da sua companheira.

O moço estremeceu e ficou a olhar fixamente para eles. Os dois velhaquinhos, descuidosos na sua felicidade, conservavam-se muito unidos, como se estivessem cochichando segredos de amor. A fêmea estendia a cabeça ao amigo e, enquanto este lhe ordenava as penas com o bico, ela, num arrepio, contraía-se toda, com as asas levemente abertas e trêmulas. Depois, uniram-se ainda mais, prostrados logo pelo mesmo entorpecimento.

Então, o jovem eclesiástico, tomado de uma vertigem, levantou o guarda-chuva e com uma pancada lançou por terra o amoroso par.

Os pobrezitos, ainda palpitantes de amor, caíram, estrebuchando a seus pés.

O padre voltou o rosto e afastou-se silenciosamente.

No horizonte esbatia-se a última réstia de sol e o sino de uma torre distante começou a soluçar Ave-Maria.

POLÍTIPO

Suicidou-se anteontem o meu triste amigo Boaventura da Costa.

Pobre Boaventura! Jamais o caiporismo encontrou asilo tão cômodo para as suas traiçoeiras manobras como naquele corpinho dele, arqueado e seco, cuja exigüidade física, em contraste com a rara grandeza de sua alma, muita vez me levou a pensar seriamente na injustiça dos céus e na desequilibrada desigualdade das cousas cá da terra.

Não conheci ainda criatura de melhor coração, nem de pior estrela. Possuía o desgraçado os mais formosos dotes morais de que é susceptível um animal da nossa espécie, escondidos, porém, na mais ingrata e comprometedora figura que até hoje viram meus olhos por entre a intérmina cadeia dos tipos ridículos.

O livro era excelente, mas a encadernação, detestável.

Imagine-se um homenzinho de cinco pés de altura sobre um de largo, com uma grande cabeça feia, quase sem testa, olhos fundos, pequenos e descabelado; nariz de feitio duvidoso, boca sem expressão, gestos vulgares, nenhum sinal de barba, braços curtos, peito apertado e pernas arqueadas; e ter-se-á uma idéia do tipo do meu malogrado amigo.

Tipo destinado a perder-se na multidão, mas que a cada instante se destacava justamente pela sua extraordinária vulgaridade; tipo sem nenhum traço individual, sem uma nota própria, mas que por isso mesmo se fazia singular e apontado; tipo cuja fisionomia ninguém conseguia reter na memória, mas que todos supunham conhecer ou já ter visto em alguma parte; tipo a que homem algum, nem mesmo aqueles a quem o infeliz, levado pelos impulsos generosos de sua alma, prestava com sacrifício os mais galantes obséquios, jamais encarou sem uma instintiva e secreta ponta de desconfiança.

Se em qualquer conflito, na rua, num teatro, no café ou no bonde, era uma senhora desacatada, ou um velho vítima de alguma violência; ou uma criança batida por alguém mais forte do que ela. Boaventura tomava logo as dores pela parte fraca, revoltava-se indignado, castigava com palavras enérgicas o culpado; mas ninguém, ninguém lhe atribuía a paternidade de ação tão generosa. Ao passo que, quando em sua presença se cometia qualquer ato desairoso, cujo autor não fosse logo descoberto, todos olhavam para ele desconfiados, e em cada rosto o pobre Boaventura percebia uma acusação tácita.

E o pior é que nestas ocasiões, em que tão injustamente era tomado por outro, ficava o desgraçado por tal modo confuso e perplexo, que, em vez de protestar, começava a empalidecer, a engolir em seco, agravando cada vez mais a sua dura situação.

Outro doloroso caiporismo dos seus, era o de parecer-se com todo o mundo. Boaventura não tinha fisionomia própria; tinha um pouco da de toda a gente. Daí os quiproquós em que ele, apesar de tão bom e tão pacato, vivia sempre enredado. Tão depressa o tomavam por um ator, como por um padre, ou por um barbeiro, ou por um polícia secreto; tomavam-no por tudo e por todos, menos pelo Boaventura da Costa, rapaz solteiro, amanuense de uma repartição pública, pessoa honesta e de bons costumes.

Tinha cara de tudo e não tinha cara de nada, ao certo. A circunstância da sua falta absoluta de barba dava-lhe ao rosto uma dúbia expressão, que tanto podia ser de homem, como de mulher, ou mesmo de criança. Era muito difícil, senão impossível, determinar-lhe a idade. Visto de certo modo, parecia um sujeito de trinta anos, mas bastava que ele mudasse de posição para que o observador mudasse também de julgamento; de perfil representava pessoa bastante idosa, mas, olhado de costas, dir-se-ia um estudante de preparatórios; contemplado de cima para baixo era quase um bonito moço, porém, de baixo para cima era simplesmente horrível.

Encarando-o bem de frente, ninguém hesitaria em dar-lhe vinte e cinco anos, mas, com o rosto em três quartos, afigurava apenas dezoito. Quando saía à rua, em noites chuvosas, com a gola do sobretudo até as orelhas e o chapéu até a gola do sobretudo, passava por um velhinho octogenário; e, quando estava em casa, no verão, em fralda de camisa, a brincar com o seu gato ou com o seu cachorro, era tirar nem pôr, um nhônhô de uns dez ou doze anos de idade.

Um dia, entre muitos, em que a polícia, por engano, lhe invadiu os aposentos, surpreendeu-o dormindo, muito agachadinho sob os lençóis, com a cabeça embrulhada num lenço à laia de touca, e o sargento exclamou comovido:

– Uma criança! Pobrezinha! Como a deixaram aqui tão desamparada!

De outra vez quando ainda a polícia quis dar caça a certas mulheres, que tiveram a fantasia de tomar trajos de homem e percorrer assim as ruas da cidade, Boaventura foi logo agarrado e só na estação conseguiu provar que não era quem supunham. Outra ocasião, indo procurar certo artista, de cujos serviços precisava, foi recebido no corredor, com esta singularíssima frase:

– Quê? Pois a senhora tem a coragem de voltar?... E quer ver se me engana com essas calças?

Tomara-o pela pobre, a quem na véspera havia despedido de casa.

Não se dava conflito de rua em que, passando perto o Boaventura, não o tomassem imediatamente por um dos desordeiros. Era ele sempre o mais sobressaltado, o mais lívido, o mais suspeito dos circunstantes. Não conseguia atravessar um quarteirão, sem que fosse a cada passo interrompido por várias pessoas desconhecidas, que lhe davam joviais palmadas no ombro e na barriga, acompanhando-as de alegres e risonhas frases de velha e íntima amizade.

Em outros casos era um credor que o perseguia, convencido de que o devedor queria escapar-lhe, fingindo não ser o próprio; ou uma mulher que o descompunha em público; ou um agente policial que lhe rondava os passos; ou um soldado que lhe cortava o caminho supondo ver nele um colega desertor.

E tudo isto ia o infeliz suportando, sem nunca aliás ter em sua vida cometido a menor culpa.

Uma existência impossível!

Se se achava numa repartição pública, tomavam-no, infalivelmente, pelo contínuo; nas igrejas passava sempre pelo sacristão, nos cafés, se acontecia levantar-se da mesa sem chapéu, bradava-lhe logo um consumidor, segurandolhe o braço:

– Garçom! Há meia hora que reclamo que me sirva.

Se ia provar um paletó à loja do alfaiate, enquanto estivesse em mangas de camisa, era só a ele que se dirigiam as pessoas chegadas depois. Nas muitas vezes que foi preso como suposto autor de vários crimes, a autoridade afiançava sempre que ele tinha diversos retratos na polícia. Verdade era que as fotografias não se pareciam entre si, mas todas se pareciam com Boaventura.

Num clube familiar, quando o infeliz já no corredor reclamava do porteiro o seu chapéu para retirar-se, uma senhora de nervos fortes chegou-se por detrás dele na ponta dos pés e ferrou-lhe um beliscão.

– Pensas que não vi o teu escândalo com a viúva Sarmento, grandíssimo velhaco?!

O mísero voltara-se inalteravelmente, sem a menor surpresa. Ah! ele já estava mais habituado àqueles enganos. Que vida!

Afinal, e nem podia deixar de ser assim, atirou-se ao mar.

No necrotério, onde fui por acaso, encontrei já muita gente: e todos aflitos, e todos agoniados defronte daquele cadáver que se parecia com um parente ou com um amigo de cada um deles.

Havia choro a valer e, entre o clamor geral, distinguiam-se estas e outras frases:

– Meu filho morto! Meu filho morto!

– Valha-me Deus! Estou viúva! Ai o meu rico homem!

– Ó senhores! Ia jurar que este cadáver é o do Manduca!

– Mas não me engano! é o meu caixeiro!

– Dir-se-ia que este moço era um meu antigo companheiro de bilhar!...

– E eu aposto como é um velho, que tinha um botequim por debaixo da casa onde eu moro!

– Qual velho, o quê! Conheço este defunto. Era estudante de Medicina! Uma vez até tomamos banho juntos, no boqueirão. Lembro-me dele perfeitamente!

– Estudante! Ora muito obrigado! há mais de dois anos chamei-o fora de horas para ir ver minha mulher que tinia de cólicas! Era médico velho!

– Impossível! Afianço que este era um pequeno que vendia jornais. Ia levar-me todos os dias a *Gazeta* à casa.

É que a morte alterou-lhe as feições.

– Meu pai!

– O Bernardino!

– Olha! Meu padrinho!

– Jesus! Este é meu tio José!

– Coitado do padre Rocha!

Pobre Boaventura! Só eu compreendi, adivinhei, que aquele cadáver não podia ser senão o teu, ó triste Boaventura da Costa!

E isso mesmo porque me pareceu reconhecer naquele defunto todo o mundo, menos tu, meu desgraçado amigo.

DAS NOTAS DE UMA VIÚVA

"**E**u tinha dez meses de viúva e havia seis que Paulo me fazia a corte. Por esse tempo propôs-me ele um passeio ao campo e eu aceitei.

A manhã era esplêndida; uma bela manhã de setembro, cheia de luz e temperada por um calor comunicativo e doce. Cedo metemo-nos num carrinho de vime, leve como uma cesta, resteiro como um divã e cômodo como um leito. Paulo deu rédeas ao animal e o carro conduziu-nos para fora da cidade.

Eu sentia um bom humor extraordinário; o ar puro e consolador daquela madrugada, pulverizado no espaço em vapores cor-de-rosa, enchia-me toda como de uma grande alma nova, feita de cousas alegres e benfazejas. Tive vontade de rir e de cantar.

O sol principiava a destacar o contorno irregular das árvores e derramava sobre as montanhas uma luz sanguínea e transparente. Achei-me expansiva, travessa com repentes de criança; e, não sei por que, Paulo nessa ocasião se me afigurou muito melhor do que nas outras. Cheguei a descobrir-lhe espírito e a desfazer-me em risadas com algumas pilhérias suas que, fora dali, me fariam bocejar.

Em certa altura paramos. Ele ajudou-me a descer, prendeu o cavalo, abriu a minha sombrinha, e começamos os dois a andar de braço dado por debaixo das árvores.

Que delicioso passeio! Ninguém pode calcular quanto me sentia feliz. Mais alguns passos e tínhamos chegado a um caramanchão, ou melhor, alpendre de verdura, misterioso, morno, impregnado de perfumes resinosos e embebido de azul sombrio. Ao lado, uma cascata corria em sussurros; e as suas águas esfarelavam-se nas pedras, irradiando na fulguração do sol.

Paulo deixou-me por um instante, para ir buscar o carro. E, nesse momento de inteira liberdade, quando senti que não era observada por ninguém, levantei-me, bati palmas e pus-me a dançar como uma doida; depois galguei aos saltos o lado da cascata e recebi no rosto o pó úmido das águas, donde o sol tirava cambiantes multicores e dourados. Abaixei-me, colhi água na concha das mãos e bebi. Afinal, assentei-me no chão e abri a cantar uma coisa alegre que aprendera ainda no tempo do colégio.

Paulo voltou com o carro e recolheu ao pavilhão o cesto do almoço. Estendeu a toalha sobre uma mesinha de pedra que havia; pousou uma máquina de café, duas garrafas de Bordeaux, uma de champanhe, uma botija de curaçau, uma empada, um assado, queijo, frutas e pão.

Sentia apetite e confesso que estava encantada com tudo aquilo. Era a primeira vez que me animava a fazer uma folia desse gênero – um almoço ao ar livre, ao lado de um rapaz.

E Paulo não me parecia o mesmo homem: descobria-lhe maneiras e qualidades, para as quais jamais atentara enquanto o vira somente nas frias atitudes circunspectas da vida; notava-lhe agora a distinta estroinice dos pândegos de boa família, criados e animados entre senhoras finas e orgulhosas; um certo pouco-caso fidalgo e elegante pelas virtudes comuns e pelos vícios vulgares; um ar altivo e másculo de quem está habituado a gastar forte com os seus prazeres; uma linha moderna, libertina e gentil a um tempo, feita de extravagâncias de bom gosto, e um pouco de viagens, alguns conhecimentos de música, um nada de política, anedotas francesas, algum dinheiro, charutos caros, um monóculo, o uso de várias línguas, duas gotas de mel inglês no lenço, um fato bem feito de casimira cambraia, um chapéu de palha, luvas amarelas, polainas e uma bengala.

E o grande caso é que estava um rapagão cheio de gestos largos, de atiramentos de perna e de grandes exclamações em inglês.

Assentei-me no banco que circulava a mesa e ele fez o mesmo defronte de mim. Informou-se se eu estava satisfeita com o passeio; falou em repeti-lo. Era preciso aproveitar o verão. Mas, nos domingos – nada! Havia muita gente! E abria garrafas, dava lume à máquina de café, servia-me de mariscos e falava-me do seu amor. Eu contei-lhe francamente as impressões que recebera aquela manhã e mostrei-me contente.

– Se soubesse, minha amiga, disse-me ele, quanto me sinto bem a seu lado!... Nem mesmo me reconheço, creia! Fico tolo só a pensar em nossa felicidade, em nossa casa e em nossos...

Ia falar nos filhos, mas deteve-se e ficou a olhar-me em silêncio, com os olhos afogados numa grande insistência humilde. Parecia haver um pranto escondido por detrás das suas pupilas verdes.

– Descanse, falta pouco!... respondi, possuída de alguma compaixão.

– Falta um século!... emendou ele com um suspiro.

E chegou-se mais para mim. Tinha o ar tão respeitoso que não fugi.

– Por que não fica mais à vontade? aconselhou-me, ajudando-me, muito solícito, a tirar o chapéu e desfazer-me do mantelete.

Houve um silêncio. Ele queixou-se da falta de gelo, abriu uma nova garrafa de Bordeaux e encheu as taças. Depois, leu-me uns versos que a mim fizera no meu tempo

163

de solteira. Vieram recordações. – O nosso namoro! Quanta criancice!

– E o bofetão?...

Esta lembrança trouxe-me uma risada que me fez engasgar. Sobreveio-me tosse; fiquei um pouco sufocada... Ele levantou-se logo, começou a bater-me delicadamente nas costas. E, a pretexto de auxiliar-me, afagava-me os cabelos e a fronte.

– Não é nada! não é nada! dizia. Um gole de champanhe!

– Não! antes água...

Correu à cascata e voltou com um copo d'água.

Tornamos à palestra, e não reparei logo que o rapaz desta vez ficara inteiramente encostado a mim. Passamos à sobremesa. As pilhérias repetiam-se mais a miúdo. Paulo pôs-se a fumar.

Consenti e disse até que gostava do cheiro do fumo. Ele fez saltar a rolha do champanhe. Sentia-me enlanguescer; os olhos ardiam-me um tanto e todo o corpo me pedia repouso; insensivelmente fui perdendo alguma coisa da minha cerimônia e pondo-me à vontade; estiquei mais as pernas, recostei-me nas costas do banco e debrucei para trás a cabeça.

Ele ficou a olhar-me muito com um ar sério e infeliz. Tive vontade de dizer qualquer coisa e nada mais consegui do que sorrir. Estava fatigada.

Paulo aconselhou-me que fumasse um cigarrinho e esta idéia extravagante não me pareceu má. Fumei o meu primeiro cigarro.

Em seguida senti um vago desejo de dormir. Ele serviu o café e o licor. Fez-me tomar antes um pouco de champanhe misturado com Bordeaux.

E continuamos a conversar. As recordações de antes do meu casamento vinham a todo o instante.

– Isto sempre teve gênio!... segredava ele, ameigando-me o queixo.

164

Chamava-me criaturinha má, sem coração; ameaçava-me com vingançazinhas, que se realizariam quando fôssemos casados. Tinha ditos maliciosos, palavras de sentido dúbio e olhares cheios de paixão.

Eu estendia-me cada vez mais no banco, amolecida por um entorpecimento agradável; as pálpebras fechavam-se-me. Fazia-se-me vontade de ser menos severa para com aquele pobre companheiro de infância; tanto que não me sobressaltei quando senti a sua mão empolgar-me a cintura.

— Como eu te amo! murmurou ele, com a boca muito perto de meu rosto.

O seu hálito abrasava-me as faces.

— Não faça assim: pedi, repelindo-o frouxamente.

Mas ele passou-me a outra mão na cinta e puxou-me para si.

Fiz ainda alguma resistência; sentia-me; porém, tão mole, e além disso sabia-me tanto ser abraçada por alguém naquela ocasião, que me deixei levar e caí sobre ele, com a cabeça desfalecida no seu ombro.

Paulo segurou-me o rosto e estonteou-me de beijos.

Eram ardentes, vivos, repetidos, como os tiros de uma metralhadora."

INSEPULTOS

Havia nada menos de trinta e cinco anos que eu deixara minha cidade natal quando lá tornei pela primeira vez. Trinta e cinco anos! Quantas voltas não dera o mundo durante essa larga ausência! De lá saíra levando por única bagagem – pobre órfão desamparado! – um leve saco cheio de ilusões, e voltava agora triunfante, de novo sozinho é verdade, mas com o meu saco cheio de ouro até à boca. Como é de calcular, tão brilhante foi a volta quão mesquinha e triste tinha sido a partida; receberam-me com música, vivas e foguetes, numa estrondosa manifestação de entusiasmo; e desde logo por diante começaram a ferver em volta do meu nome ou do meu título os melhores e mais carinhosos adjetivos, como em volta de mim ferveram as festas, os bailes e os regalos.

Tomaram-me por tal modo que me não deixaram tempo sequer para lembrar-me da única pessoa talvez que tivesse tido uma lágrima sincera quando de lá parti, desamparado e pobre.

Foi essa gentil pessoa a dona dos meus primeiros amores. Um romancete dos dezoito anos. – Ah! como nesse tempo meu coração era puro!

– Vi-a uma vez numa festa de arraial e logo ficamos namorados. Chamava-se Alice. Consegui relacionar-me com a família dela; depois tivemos entrevistas ao fundo do quintal de sua casa, debaixo de um caramanchão de jasmins.

Fiz-lhe, trêmulo, com as suas pequeninas mãos entre as minhas, a confissão do meu amor; ela abaixou os olhos enrubescendo e, toda confusa, toda medrosa, jurou, balbuciando como num sonho, que só a mim queria por toda a vida e só a mim aceitaria por esposo.

E parti, no entanto, para o Rio de Janeiro, sem ao menos lhe dizer adeus, porque nessa ocasião estava Alice fora da cidade.

Mas, por muitas vezes, nos meus primeiros desenganos e na febre das minhas lutas pela vida e principalmente depois, na ressaca das minhas vitórias sem mérito, a sua singela imagem, graciosa e casta, vinha alegrar a sombria aridez dos castelos da minha ambição com a brancura das suas asas, como alva pomba vai às vezes pousar na enegrecida torre de uma velha igreja abandonada e vazia.

Amigo desmemoriado e ingrato que és tu, meu pobre coração! só três meses depois da minha estada na província – três meses! – te lembraste de Alice! E achaste-la de novo, perjuro! achaste-la, de memória, na amargura da tua velha saudade, como no fundo de um venturoso sonho extinto! achaste-la, a fitar-me ainda do passado, com os seus grandes olhos inocentes e amorosos. Achaste-la, sim, que meus lábios ainda sentiram a doce impressão da inocente boca de donzela que os beijou noutro tempo! Achaste-la, que em minha alma cansada respirou ainda o delicado aroma que eu nela adivinhava dantes, como se adivinha no botão de rosa o perfume que há de ter a flor desabrochando.

Ah! muito e muito me impressionaram semelhantes recordações! impressionaram-me tanto que, quando depois me achava em sociedade, instintivamente iam sempre meus olhos procurar no grupo das damas alguma que me desse idéia da formosa criatura por que em meu coração gemeu a primeira nota de amor. Mas qual! estavam todas bem longe de lembrar sequer aquela graça meiga e despretensiosa, aquele doce agrado, humilde, quase infantil, que em Alice me cativaram. Em nenhum daqueles olhos de mulher que agora me cobiçavam, em nenhum daqueles sorrisos que nas salas me seguiam atados numa esperança de casamento rico, encontrava eu o mais ligeiro vislumbre do amor passado, daquele amor que eu vira outrora nos olhos dela, tão natural e sincero!

Mas uma noite, no palácio do presidente, por ocasião de um baile que me era oferecido, ruminava a minha incoercível saudade ao fundo de uma janela, quando notei que viera colocar-se ao meu lado uma senhora gorda, idosa e respeitável. Aprumei-me logo, vergando-me galantemente, de claque em punho, e, antes de achar tempo para dizer qualquer banalidade de cortesia, reparei que ela me fitava com estranha insistência.

Tive um sobressalto. O coração bateu-me com mais força. Entre nós dois cavou-se um profundo silêncio, frio e desconsolado como a velhice.

Encaramo-nos ainda um instante, sem dar palavra; depois, voltando pouco a pouco do meu abalo, senti ir acordando a minha memória defronte daquela triste e cansada fisionomia, que ali me fitava obstinadamente, como se por detrás dela uma alma oculta me estivesse espiando do passado.

E reunindo, como depois de um naufrágio, os miseráveis destroços de uma querida formosura que já não existia senão na memória do meu coração e na poesia da minha saudade, balbuciei com os lábios trêmulos e os olhos úmidos:

– Alice!

Ela sorriu tristemente e conservou-se muda.

No fim de algum tempo suspirou e disse-me que estava à espera de ver se eu ainda a reconheceria.

Aproximamo-nos então um do outro e conversamos. Contou-me que já tinha netos. Enviuvara com seis filhos e sofrera muito desde o primeiro parto.

Em seguida vieram as recordações, e tudo lembrado por ela com uma voz em que faltavam dentes e uma comoção que lhe fazia os olhos menores e mais empapuçados. E eu, enquanto a ouvia, examinava-a disfarçadamente, procurando descobrir e colher uma lembrança da encantadora companheira dos meus primeiros sonhos por entre aqueles fúnebres restos insepultos.

Que terrível desilusão, meu Deus! Oh! por que aquela desumana criatura consentiu que eu a visse assim, indecorosamente descomposta de beleza? Por que aquela insensata não fugiu para dentro do mundo, não se escondeu na terra, antes que a senilidade lhe viesse daquele modo ultrajar tão miseravelmente o corpo que eu até esse instante divinizava na minha saudade?

Ela, coitada! como se percebera o meu íntimo juízo, fez-me notar, jovialmente, que também eu pelo meu lado estava bem longe de lembrar o que fui. E de novo entristecida, malgrado o esfôrço que fazia para alegrar o rosto, recordou-me, com um inquietante sorriso, os meus belos cabelos de moço, quando eu os tinha negros, abundantes e anelados; e referiu-se, meneando a cabeça desconsoladamente, à extinta alvura dos meus dentes e à rosada frescura primitiva de meus lábios, outrora tão bonitos e tão senhores dos seus últimos beijos de criança e dos seus primeiros beijos de mulher. E, fitando meus olhos, parecia procurar neles uns olhos que não eram os meus, mas ia com os dela entrando por eles familiarmente, para vir cá dentro de mim buscar os outros, os seus íntimos, os seus alegres companheiros de mocidade, que deviam lá estar ainda nesse passado feliz que cada um de nós carinhosamente continuava a guardar no fundo d'alma.

Acordei-a desse devaneio com uma facécia desenxabida, falando do meu bigode branco e da minha calva.

Rimo-nos ambos e continuei a rir durante o resto da nossa conversa. Mas, enquanto eu ria e gracejava, ia-me entrando traiçoeiramente no coração um hóspede sombrio, uma sinistra amargura, que principiava a instalar-se nele, varrendo para fora os últimos farrapos de ilusão que o intruso ainda encontraria lá dentro, esquecidos pelo chão e pelas paredes frias.

Não pude demorar-me ali. Dei-me por indisposto e retirei-me em meio da festa, sem levar na deserção outro companheiro além de um charuto, acendido no momento de tomar o carro.

Ao entrar em casa dispensei o criado, recolhi-me sozinho aos meus aposentos e, ao passar pelo espelho do guarda-roupa, mirei-me longa e silenciosamente, como se só então e de surpresa me visse tão velho e acabrunhado, estranhando por tal modo a minha própria imagem como se naquele instante desse cara a cara com um desconhecido que eu não sabia donde vinha, nem o que de mim queria, para estar ali afixar-me com tamanha impertinência.

Maldita sombra importuna! Maldito despojo de mim mesmo!

Traço por traço examinei-me da cabeça aos pés; todo eu, como Alice, tinha já desaparecido na melhor parte, e os meus restos eram cabelos sem cor, olhos sem luz, boca sem beijos e alma sem dono.

Com eu estava retardado neste mundo!

Despi-me. Não pude ler, nem pensar, nem fazer nada. Pus-me a fumar, estirado no divã, perdido numa infinidade de tolices aborrecidas. De vez em quando observava com tédio as minhas mãos engelhadas, o meu ventre disforme, as minhas pernas trôpegas e os meus pés deformados.

Oh! definitivamente esta vida era uma mistificação e não valia a pena viver! isto é, trabalhar tanto, desejar tanto, e para quê? para ir morrendo, até nos estalar afinal a última fibra e rolar dentro da terra indiferente mais um pouco de lama.

E senti um doloroso e vago desejo de não continuar a existir, mas sem morrer; uma insaciável vontade de desertar do presente para o passado extinto; volver-me de novo o que eu fora, desprotegido e pobre, mas rico de inexperiência, com a minha mocidade inteira e inteiro o meu tesouro de ilusões; e que eu pudesse ir pelo passado adentro, correndo, até chegar de novo aos dezoito anos, e atravessar então o muro do quintal daquela Alice, que não morrera e que já vivia, e cair-lhe aos pés, debaixo do cheiroso caramanchão de jasmins, e beijar-lhe os dedos brancos e mimosos, e dizer-lhe com a minha boca de moço mil coisas de amor e ouvir em resposta: "Eu te amo! Eu te amo!"; e poder acreditar nestas palavras sem a mais ligeira sombra de desconfiança, como outrora, quando elas saíam quentes do coração de Alice para estalarem à superfície da boca num beijo contra meus lábios.

E depois, abraçado com ela, eternamente jovens como os amantes que os poetas celebram nos seus poemas de amor, queria fugir para um outro mundo bem longe deste, ideal e puro, onde não houvesse dinheiro nem honrarias, e onde se não fosse apodrecendo em vida, aos poucos, como nesta miserável terra em que nos arrastamos sem asas.

O MADEIREIRO

— **S**ua ama está em casa, rapariga?

– Está, sim, senhor. Tenha a bondade de dizer quem é.

– Diga-lhe que é a pessoa que ela espera para jantar.

– Ah! Pode subir... Minha ama vem já.

Entrei e reconheci a saleta, onde eu dantes fora recebido tantas vezes pela viuvinha do general.

Quanta recordação! Vira-a uma noite no Clube de Regatas; apresentou-ma um jornalista então em moda; dançamos e conversamos muito. Ao despedir-nos, ela, com um sorriso prometedor, disse-me que costumava receber às terças-feiras os amigos em sua casa e que eu lhe aparecesse.

Fui, e um mês depois éramos mais do que amigos, éramos amantes.

Adorável criatura! simples, inteligente e meiga. No entanto, o meu amor por ela fora sempre um tanto frouxo e preguiçoso. Aceitava e desfrutava a sua ternura como quem aceita um obséquio de cortesia. Teria eu porventura o direito a recusá-la?...

Mas, assim como nasceram, acabaram os nossos amores; uma acasião cheguei tarde demais à entrevista; de outra vez lá não fui; depois esperei-a e ela não se apresentou; até que um dia, quando dei por mim, reparei que já não era seu amante.

Seis meses já lá se iam depois disto, e eis que uma bela manhã, ao levantar-me da cama, entregam-me uma carta.

Era dela.

Meu amigo.

Sei que conserva as minhas cartas e peço-lhe que mas restitua. Venha jantar comigo, mas não se apresente sem elas. É um caso sério, acredite. São vinte. Não me falte e conte com estima de quem espera merecer-lhe este último obséquio. Afianço que será o último. Sua amiga,

LAURA

Para que diabo quereria ela as suas cartas?... Teria receio de que as mostrasse a alguém?... Impossível! Principiavam-me estas considerações, quando se afastou a cortina da saleta e a viuvinha do general surgiu defronte de mim.

— Com efeito! disse ela. Só assim o tornaria a ter em minha casa! Bons olhos o vejam!

Beijei-lhe a mão.

— Trouxe?... perguntou.

— Suas cartas? Pois não! Bem sabe que para mim as suas ordens são sagradas...

— Ainda bem. Sente-se.

Sentamo-nos ao lado um do outro. Ela recendia uma combinação agradável de cananga do Japão e sabonete inglês; tinha um vestido de linho enfeitado de rendas; e na frescura aveludada do seu colo destacava-se um medalhão de ônix.

— Então, que fantasia foi essa?... interroguei, depois de um silêncio em que nos contemplamos com o mesmo sorriso.

E no íntimo já estava gostando de haver lá ido. Achava-a mais galante; quase que me parecia mais moça e mais bonita.

— Que fantasia?...

— A de exigir as suas cartas...

Ela fez do seu meio sorriso um sorriso inteiro.

– Tinha receio de que alguém as visse?... perguntei, tomando-lhe as mãos entre as minhas.

– Não! Suponho-o incapaz de tal baixeza...

– Então?...

– Mas para que deixá-las lá?... Está tudo acabado entre nós.

E retirou a mão.

Eu cheguei-me mais para ela.

– Quem sabe?... disse.

Laura soltou uma risada.

– Você há de ser sempre o mesmo!... Não se lembraria de mim se não recebesse o meu bilhete, e agora... Tipo!

– Não digas tal, que é uma injustiça!

– Espere! Tira a mão da cinta! Tenha juízo!

– Já não te mereço nada?...

– Deixe em paz o passado e tratemos do futuro. Eu quero que você seja meu amigo...

Dizendo isto, erguera-se e fora abrir uma janela que despejava sobre o jardim.

– Está então tudo acabado?... Tudo? inquiri, erguendo-me também, e envolvendo-a no meu desejo, que ela fazia agora reviver, maior do que nunca.

É que incontestavelmente o demônio da viuvinha estava muito mais apetitosa. Nunca tivera aqueles ombros, aquele sorriso tão sanguíneo e aqueles dentes tão brancos! Seus olhos ganharam muito durante a minha ausência, estavam mais úmidos e misteriosos, quase brejeiros! O seu cabelo parecia-me mais preto e mais lustroso; a sua pele mais pálida, com uma cheirosa frescura de magnólia. Todos os seus movimentos adquiriram inesperada sedução; o seu quadril havia enrijado de um modo surpreendente; o seu colo tomara irresistíveis proeminências que meus olhos cobiçosos não se fartavam de beijar.

– Então, tudo acabado, hein?...

– Tudo!

– Tudo? tudo?...

– Absolutamente!

– Para sempre?

– Você assim o quis, meu amigo! Queixe-se de si!

Ia lançar-lhe as mãos e fechá-la num abraço; ela, porém, desviou-se, ordenando-me com um gesto muito sério que me contivesse, puxou duas cadeiras para junto da janela e pediu-me que a ouvisse com toda a atenção.

– Sabe por que lhe exigi as minhas cartas?...

– Por quê?

– Porque vou casar...

– Como? A senhora disse que ia casar?!

– Dentro de dois meses.

– Com quem, Laura?

E fiquei também eu muito sério.

– Com um negociante de madeiras.

– Um madeireiro?

Ela meneou afirmativamente a cabeça; eu fiz um trejeito de bico com os lábios e pus-me a sacudir a perna.

– Está bom!

– Que quer você?... Uma senhora nas minhas condições precisa casar!...

– Ora esta! Um madeireiro!...

– Que me ama muito mais do que você me amou, tanto assim que está disposto a fazer o que você nunca teve a coragem de imaginar sequer! E juro-lhe, meu amigo, que saberei merecer a confiança de meu marido! Serei em virtude o modelo das esposas!...

Olhei-a de certo modo.

– Não seja tolo! disse ela em resposta ao meu olhar.

E fugiu lá para dentro, sem consentir que eu a acompanhasse.

Só nos tornamos a ver meia hora depois, já à mesa do jantar.

– E as cartas? reclamou ela.

Tirei o maço do bolso, desatei-lhe a fitinha cor-de-rosa que o atava; contei as cartas, estavam todas as vinte metodicamente numeradas, com as competentes datas em cima escritas em letra boa.

Mas não tive ânimo de entregá-las.

– Olhe! disse, trago-lhas noutro dia... Se as restituir agora, que pretexto posso ter para voltar cá?...

– Hein? Como? Isso não é de cavalheiro!...

– Não sei! Quem lhe mandou ficar mais sedutora do que era?

– Está então disposto a não entregar as minhas cartas?...

– E até a servir-me delas como arma de vingança!

Laura franziu a sobrancelha e mordeu os beiços.

Tínhamos já cruzado o talher da sobremesa e bebíamos, calados ambos, a nossa taça de champanhe.

O silêncio durou ainda bastante tempo. Ela só o quebrou para perguntar, muito seca, se eu queria mais açúcar no café.

E continuamos mudos.

Afinal, acendi um charuto e arrastei minha cadeira para junto da sua.

– É melhor ser minha amiga... segredei, passando-lhe o braço na cintura.

– Não desejo outra coisa, balbuciou, ressentida e magoada. Peço-lhe justamente que me proteja como amigo, em vez de pôr obstáculos ao meu futuro. Que diabo! eu preciso casar!...

– Eu lhe entrego as cartas... Descanse.

– Então dê-mas!

– Com a condição de prolongar a minha visita até mais tarde...

– Mas...

– E fazermos um pouco de música ao piano como dantes. Está dito?

– Jura que me entrega depois as cartas?...

– Dou-lhe a minha palavra de honra.

– Pois então fique.

Às onze e meia, Laura apresentou-me o chapéu e a bengala.

Repeli-os e declarei positivamente que não lhe entregaria as cartas, se ela não me concedesse por aquela noite, aquela noite só, gozar ainda uma vez dos direitos que dantes o seu amor me conferia tão solicitamente.

Ela a princípio não quis, mostrou-se zangada; mas eu insisti, supliquei, jurei que seria a última vez, a última!

E não saí.

Pela manhã, depois do almoço, Laura exigiu de novo as suas cartas.

Tirei o pacotinho da algibeira, abri-o, contei dez.

– É a metade. Aí ficam!

– Como a metade?...

– Pois, Laura, você me acha tão tolo que te entregasse logo todas as tuas cartas?... E depois, em troca do que te pediria que prolongasses um outro jantar como o de ontem?...

– Isso é uma velhacada!

– Que seja!

– Estou quase não aceitando nenhuma!

– Daqui a uma semana vir-te-ei trazer as outras dez. Está dito?

– Tratante!

Daí a uma semana, com efeito, lá ia eu, com as dez cartinhas na algibeira, em caminho da casa de Laura. E nunca em minha vida esperei com tanta ânsia a hora de uma entrevista de amor. Os dias que a precederam afiguraram-se-me intermináveis e tristes. A viuvinha também se mostrava ansiosa, quando menos por apanhar as suas cartas.

Mas, coitada! não recebeu as dez, recebeu cinco.

Pois se a achei ainda mais arrebatadora nesta seguida concessão que na primeira!...

E na seguinte semana recebeu apenas duas cartas, e nas outras que se seguiram recebeu uma de cada vez. Ah! mas também ninguém poderá imaginar a minha aflição ao desfazer-me da última! um jogador não estaria mais comovido ao jogar o derradeiro tento! Eu ia ficar completamente arruinado; ia ficar perdido; ia ficar sem Laura, o que agora se me afigurava a maior desgraça deste mundo! Arrependi-me de lhe ter dado dez logo de uma vez e cinco da outra. Que grande estúpido fora eu! Esbanjara o meu belo capital, quando o podia ter feito render por muito tempo!...

Então o espectro do madeireiro surgiu-me à fantasia, como eu o imaginava: bruto, vermelho, gordo e suarento. E Laura, ao meu lado, no abandono tépido da sua alcova, sorria triunfante, porque tinha rasgado o único laço que a prendia a outro homem. Estava livre!

Rasguei a carta ao meio.

– Aqui tem, disse, passando-lhe metade da folha de papel. Ainda me fica direito a um almoço e metade de uma noite em sua companhia... Peço-lhe que me deixe voltar...

Ela riu-se, e só então reparei que meus olhos estavam cheios d'água.

– Queres que te passe de novo o baralho?... perguntou-me enternecida, cingindo-se ao meu peito.

– Se quero!... Isso nem se pergunta!

– Mas agora é a minha vez de pôr a condição...

– Qual é?

– Só tornaremos a jogá-lo depois de casados, serve-te?

– E o madeireiro? Ele não tem cartas tuas?

– Tranqüiliza-se que, além de meu marido, eu só amei e escrevi a um homem, que és tu!

– Pois aceito com todos os diabos! E, como ainda tenho jus a um almoço, não preciso sair já!

Uma semana depois, Laura dizia-me à volta da igreja:

– Mas, meu querido, como queres tu que eu te mostre uma pessoa que não existe?...

– Como não existe?... Então o teu ex-noivo, o célebre madeireiro, cujo retrato trazias no medalhão de ônix...

– Qual noivo! Aquela fotografia é de um jardineiro que tive há muitos anos e que morreu aqui em casa.

– Então tudo aquilo foi?...

– Foi o meio de arrastar-te para junto de mim, tolo! e reconquistar o teu amor, que era tudo o que ambicionava nesta vida!

MÚSCULOS E NERVOS

Terminava a primeira parte do espetáculo, quando D. Olímpia entrou no circo, pelo braço do pai.

Havia grande enchente. O público vibrava ainda sob a impressão do último trabalho exibido, que devia ter sido maravilhoso, porque o entusiasmo explodia por toda a platéia e de todos os lados gritavam ferozmente: "Scot! À cena, Scot!". Dois sujeitos de libré azul com alamares dourados conduziam para o interior do teatro um cavalo que acabava de servir. Muitos espectadores, de chapéu no alto da cabeça, estavam de pé e batiam com a bengala nas costas das cadeiras; as cocotes pareciam loucas e soltavam guinchos, que ninguém entendia; das galerias trovejava um barulho infernal, e, por entre aquela descarga atroadora, só o nome do idolatrado acrobata sobressaía, exclamado com delírio por mil vozes.

– Scot! Scot!

Olímpia sentiu-se aturdida; o pai, no íntimo, arrependia-se de lhe ter feito a vontade, consentindo em levá-la ao circo, mas o médico recomendara tanto que não a contrariassem... e ela havia mostrado tanto empenho no capricho de ir aquela noite ao Politeama...

De repente, um grito uníssono partiu da multidão. Estalaram as palmas com mais ímpeto; choveram chapéus; arremessaram-se leques e ramalhetes, Scot havia reaparecido.

– Bravo! Bravo, Scot!

E os aplausos recrudesceram ainda.

O ginasta, que entrara de carreira, parou em meio da arena, aprumou o corpo, sacudiu a cabeleira anelada, e, voltando-se para a direita e para a esquerda, atirava beijos, sorrindo, no meio daquela tempestade gloriosa.

Depois de agradecer, estalou graciosamente os dedos e retirou-se de costas, a dar cambalhotas no ar.

Desencadeou-se de novo a fúria dos seus admiradores, e ele teve de voltar à cena ainda uma vez, mais outra, cada vez mais triunfante.

Olímpia, entretanto, com a cabeça pendida para a frente, o olhar fito, os lábios entreabertos, dir-se-ia hipnotizada, tal era a sua imobilidade. O pai tentou chamá-la à conversa; ela respondeu por monossílabos.

– Queres... vamos embora.

– Não.

Na segunda parte do espetáculo, a moça parecia divertir-se. Não despregava a vista de Scot, a quem cabia a melhor parte dos trabalhos da noite.

O mais famoso era a sorte dos vôos. Consistia em dependurar-se ele de um trapézio muito alto, deixar-se arrebatar pelo espaço e, em meio do trajeto, soltar as mãos, dar uma cambalhota e ir agarrar-se a um outro trapézio que o esperava do lado oposto.

Cada um desses saltos levantava sempre uma explosão de bravos.

Scot havia feito já, por duas vezes, o seu vôo, arriscado; faltava-lhe o último e o mais perigoso. Diferençava este dos primeiros em que o acrobata, em vez de lançar-se de frente, tinha de ir de costas e voltar-se no ar, para alcançar o trapézio fronteiro.

O público palpitava ansioso, até que Scot afinal assomou no alto trampolim armado nas torrinhas, junto ao teto.

Cavou-se logo um fundo silêncio nos espectadores. Os corações batiam com sobressalto; todos os olhos estavam cravados na esbelta figura do artista, que, lá muito em cima, parecia, nas suas roupas justas de meia, a estátua de uma divindade olímpica. Destacava-se-lhe bem o largo peito, hercúleo, guardado pelos grossos braços nus, em contraste com os rins estreitos, mais estreitos que as suas nervosas coxas, cujos músculos de aço se encampelavam ao menor movimento do corpo.

Com uma das mãos ele segurava o trapézio, enquanto com a outra limpava o suor da testa.

Depois, tranqüilamente, sem o menor abalo, prendeu o lenço em sua cinta bordada e de lantejoulas e deu volta ao corpo.

Ouvia-se a respiração ofegante do público.

Scot sacudiu o braço do trapézio, experimentando-o, puxou-o afinal contra o colo e deixou-se arrebatar de costas.

Em meio do circo desprendeu-se, gritou: "Hop!"; deu uma volta no ar e lançou-se de braços estendidos para o outro trapézio.

Mas o vôo fora mal calculado, e o acrobata não encontrou onde agarrar-se.

Um terrível bramido, como de cem tigres a que rasgassem a um só tempo o coração, ecoou por todo o teatro. Viu-se a bela figura de Scot, um instante solta no espaço, virar para baixo a cabeça e cair na arena, estatelada, com as pernas abertas.

O recinto do circo encheu-se logo. Nos camarotes mulheres desmaiaram, em gritos; algumas pessoas fugiam espavoridas, como se houvesse um incêndio; outras jaziam pálidas, a boca aberta e a voz gelada na garganta. Ninguém mais se entendia; nas torrinhas passavam uns por cima dos outros, numa avidez aterrada, disputando ver se conseguiam distinguir o acrobata.

183

Este, todavia, sem acordo e quase sem vida, agonizava por terra, a vomitar sangue.

Olímpia, lívida, trêmula, estonteada, quando deu por si, achou-se, sem saber como, ao lado do moribundo. Ajoelhou-se no chão, tomou-lhe a cabeça no regaço e vergou-se toda sobre ele, procurando sentir nas faces frias o derradeiro calor daquele belo corpo escultural e másculo. E, desatinada, ofegante, apalpava-lhe o peito, o rosto, a brônzea carne dos braços, e, com um grito de extrema agonia, molhava a boca no sangue que ele expelia pela boca.

Scot teve um estremecimento geral de corpo, contraiuse, vergou a cabeça para trás, volveu para a moça os seus límpidos olhos comovidos, agora turvados pela morte, soltou o gemido derradeiro.

E o corpo do acrobata escapou das mãos finas de Olímpia, inanimado.

COMO O DEMO AS ARMA

Teresinha era a flor das pequenas lá da fábrica. Todos lhe queriam bem. Ninguém como ela para saber guardar as conveniências e saber cumprir com os seus deveres sem fazer caretas de sacrifício.

Vivia de cara alegre; tocava o seu bocado de piano; sabia arranjar desenhos para os seus bordados; tinha repentes de muita graça; e nunca nenhuma das companheiras lhe apanhara a ponta de um desses escândalos, que são a riqueza das palestras nos lugares em que há muitas raparigas juntas.

Além disso, era de uma economia limpa e natural; nas suas mãozinhas cor-de-rosa e picadas de agulha o escasso ordenado de costureira parecia transformar-se em moeda forte. Vestido seu nunca ficava totalmente velho: era já mudar-lhe o feitio; era já trocar-lhe os enfeites, e aí estava Teresinha metendo as outras no chinelo.

– Uma jóia! resumia o gerente da fábrica.

E jurava que, se não fora velho e casado, havia de fazer-lhe a felicidade.

Mas Teresinha, pelo jeito, não queria casar.

Por mais de uma vez apareceram-lhe partidos bem aceitáveis, e ela torcera o narizinho a todos, dizendo que ainda era muito cedo para pensar isso. Um seu vizinho, o Lucas, com armarinho de modas e rapaz estimado no comércio, chegou a oferecer-lhe um dote de dez contos de

185

réis; outro, o Cruz, também com armarinho e não menos estimado que o primeiro, jurou-lhe numa carta que faria saltar os miolos, se ela não o tomasse por marido. Teresinha não quis nenhum dos dois e continuou, muito escorreita no seu vestidinho justo ao corpo, uma flor ao peito, a bolsa de couro na mão, a passar-lhes todos os dias pela porta, no sonoro tique-taque dos seus passos miúdos, indo pela manhã para a fábrica e voltando à tarde para casa, sempre ligeira e saltitante como um pássaro arisco.

Mas, quando lhe morreu a tia com que ela habitava, e a pequena ficou só no mundo, disseram logo:

– Agora é que veremos se ela quebra ou não quebra o capricho!

– Talvez se agregue por aí a qualquer família conhecida... conjeturaram.

– Não! não será tão tola que se sujeite a isso, podendo dispor de um marido logo que o queira!...

– De um ou de mais!

– Ora! não falta quem a deseje!

Teresinha, todavia, não se casou, nem foi abrigar-se à sombra de ninguém; ficou morando na mesma casa em que lhe morrera a tia, conservando uma criada velha que as acompanhava havia muitos anos. Na fábrica – a mesma pontualidade, a mesma linha de conduta, a mesma limpeza e diligência no serviço, na rua – aquele mesmo passinho curto e apressado, que mal deixava aos seus vários pretendentes lobrigar a ponta das suas honestas botinas pretas de salto baixo.

Não obstante, meses depois, principiaram de aparecer-lhe transformações. Notavam todos, lá na fábrica, que a Teresinha já não era aquela rapariga alegre e caprichosa dos primeiros tempos; agora tinha esquisitices de gênio e caía em fundas abstrações, quedando-se horas perdidas a olhar para o espaço, de boca aberta, o trabalho esquecido sobre os joelhos.

– Que terá ela?... cochichavam as companheiras.

E observavam, com pontinhas de riso brejeiro, que a exemplar Teresinha, a – diligência em pessoa – já não era a primeira a pegar na costura e a última a deixar o serviço.

A partir daí, puseram-se a espreitá-la e a segui-la na rua. Descobriram logo que Teresinha, ao sair do trabalho, em vez de ir para casa, metia-se na Biblioteca Nacional ou nos gabinetes de leitura ou então nas lojas dos livreiros.

E viam-na passar um tempo esquecido a escolher brochuras, a consultar revistas e alfarrábios, fariscando nelas com o nariz enterrado entre as páginas, alguma coisa, que ninguém atinava com o que fosse.

– Querem ver que ela deu para filósofa?... comentaram as outras raparigas.

Uma das mais velhacas da roda afiançou que não seria a primeira Teresa que desse para isso.

E o grande fato é que todo o dinheirinho das economias de Teresinha era lambido pelos vendedores de livros.

Já lhe notavam até certa negligência no traje e no penteado. Uma vez apresentou-se na oficina de sapatos rotos.

– Ó Teresinha! objurgou-lhe uma amiga, tu estás ficando desmazelada!

Por outro lado, o gerente principiava a resmungar: Pois ele queria lá doutoras no estabelecimento!... A senhora dona Teresinha parecia já não ligar a mínima importância ao serviço! O tempo era-lhe pouco para os romances que ela trazia escondidos no bolso! Não! assim, que tivesse paciência! mas não havia remédio senão mandá-la passear! Ia-se alí para desunhar na costura e não para contar-se tábuas do teto. E, por isso, que diabo! pagava-se a todas pontualmente em bom dinheiro! Não se tinha ali ninguém de graça!

Uma ocasião apresentou-se mais tarde, muito pálida, com grandes olheiras. Percebia-se facilmente que passara a noite em claro.

Trazia entre os dedos um volume de Teofile Gautier, marcado em certa página.

Nesse dia trabalhou bastante, com febre. Mal, porém, terminou a obrigação, correu à casa e fechou-se na sala, defronte do candeeiro de querosene.

Abriu o livro no lugar marcado – *Une larme du diable!* Releu inda uma vez a singularíssima novela. Aquela extravagante fantasia do rei dos boêmios, a alma doente e sonhadora do eleito da decadência romântica, a imaginação desvairada daquele fumador de ópio embriagaram-na com uma delícia de vinho traiçoeiro.

Uma lágrima do diabo!

Que haveria de verdade nessa lágrima e o que vinha a ser ao certo esse diabo de que lhe falavam os poetas, os padres, os professores, as crianças e as velhas?... Já em outros livros encontrara o mesmo que afirmara Gautier: o tal gênio do mal, disfarçado em rapaz bonito, a correr o mundo, para tentar as pobres raparigas. Um alfarrábio religioso de sua tia ensinara-lhe que o maldito andava solto, aí por essas ruas da cidade, janota, barbeado e cheiroso, e que as moças inexperientes precisavam ter todo o cuidado, porque o patife, além de tudo, escondia os cornos e o rabo, e não havia por onde reconhecê-lo.

Definitivamente era muito perigoso para ela arriscar-se sozinha, todos os dias, a cair em semelhante perigo!

E se o encontrasse?...

Santo Deus! só esta idéia a fazia tremer toda.

E começou a chegar-se muito para os velhos, a afeiçoar-se por eles. Com os moços é que não queria graças; temia-os a todos, principalmente os simpáticos e esmerados na roupa.

– Nada! nada de imprudências! Pode muito bem ser que eu caia nas mãos do tal!...

Isso, porém, não impediu que a cautelosa Teresinha, um belo dia, ao dobrar uma esquina, desse cara a cara com um belo rapagão louro, de bigodes retorcidos, nariz arrebitado e monóculo.

Cheirava que era um gosto.

– Estou perdida! balbuciou ela, trêmula, estacando defronte do rapaz, sem ânimo de erguer a vista, porque tinha antemão certeza de que o olhar dele havia de cegá-la.

– Desta vez não me escapas! murmurou o moço.

– Não há dúvida! É ele mesmo! gaguejou a medrosa, quase a chorar. Valha-me Nossa Senhora!

E recuou alguns passos.

– Não fujas! disse o sujeito.

Ela obedeceu logo e até chegou-se mais para o diabo, atraída, presa, vencida, como se aquelas duas palavras fossem as pontas de uma tenaz que a segurasse pelas carnes.

Ele passou-lhe o braço na cintura.

– Tenho tanta cousa a dizer-te, minha flor! Se quisesse ouvir-me... Oh! eu seria o ente mais feliz do mundo! Olha! a tarde está magnífica, vamos nós dar um passeio juntos?

Teresinha não opôs objeção e deixou-se conduzir.

– Meu Deus! meu Deus! lamentava-se ela pelo caminho, segurando-se ao braço do demônio. Estou aqui, estou no inferno!

O demônio levou-a para casa dele e, mal entraram, atirou-lhe aos pés, cobrindo-a de beijos ardentes.

Ela soluçava.

– Por que choras, meu amor?

Seu hálito queimava. Teresinha via saírem-lhe faíscas dos olhos. E, sempre a tremer, e sem ânimo de recusar nada, pedia-lhe compaixão, convencida de que era aquele o último momento da sua vida.

– O diabo não é tão feio como se pinta!... volveu o moço, afagando-a.

– Ah! Não! Não! bem o vejo!... respondeu ela, receosa de contrariá-lo. Mas, por quem é, não me faça mal!

189

– Fazer-te mal? Que loucura! Fazer-te mal, eu, que te amo; eu, que há tanto tempo passo horas e horas à espera que saias do serviço para acompanhar-te de longe, sem te perder de vista; o que, sabes? é difícil, porque nunca vi andar tão depressa! Mas esqueçamos tudo! agora és só minha, não é verdade?... Não é verdade que, de hoje em diante, me confiarás toda a tua alma e todo o teu coração?...

– Que remédio tenho eu!

– Não imaginas como seremos felizes! Meu ordenado chega perfeitamente para os dois e...

– Quê?... Seu ordenado?...

– Sim, meu amor, eu sou empregado público...

– Empregado? Não é possível!

– Sou, filhinha! Estou a dizer-te! Sou empregado no tesouro; apanhei o lugar por concurso; ganho trezentos mil réis por mês, afora os achegos que aparecem.

– Senhor está gracejando! Diga-me uma coisa, mas não me engane... O senhor não é o diabo?

O rapaz soltou uma risada.

– Pois tu ainda acreditas no diabo? É boa!

– Ora esta!... murmurou Teresinha, se eu desconfiasse!... Agora... paciência! Já não há remédio... Caso-me com o Lucas.

BIOGRAFIA

Aluísio Tancredo de Azevedo nasceu em São Luís, Maranhão, em 14 de abril de 1857, filho de Davi Gonçalves de Azevedo, vice-cônsul português no estado, e de Emília Amália Pinto de Magalhães. Na adolescência, queria ser pintor. A vocação literária se afirmou lá pelos 17 anos. Pouco depois, seguindo o exemplo do irmão, o teatrólogo Artur Azevedo, muda-se para o Rio de Janeiro. Por questões familiares, retorna ao Maranhão, onde publica os seus primeiros romances, *Uma lágrima de mulher* (1879) e *O mulato* (1881), que o torna conhecido em todo o país. De volta ao Rio, colabora na imprensa, escreve para o teatro. A vida não é fácil. O dinheiro não dá para nada, apesar da repercussão popular de suas obras, umas de qualidade, como *Casa de pensão* (1884), outras de menor expressão, como *Filomena Borges*. Sucesso, porém, não significa desafogo financeiro. Boêmio meio a contragosto, vivendo modestamente, o romancista sonha com um cargo público, que o liberte da obrigação de escrever. Enquanto isso não acontece, continua publicando romances desiguais, como *O coruja* (1887), *O cortiço* (1890), *A mortalha de Alzira* (1894). Ao ingressar na diplomacia, em 1896, renuncia, definitivamente, à literatura. Ocupa cargos na Espanha, Japão, Uruguai, Inglaterra, Itália, Paraguai, Argentina, onde morre, em 21 de janeiro de 1913.

BIBLIOGRAFIA

Romances

Uma lágrima de mulher. São Luís: Tip. Frias, 1879.

O mulato. *O País*, São Luís, 1881.

Mistérios da Tijuca. *Folha Nova*, Rio de Janeiro, 1882.

Filomena Borges. *Gazeta de Notícias*, Rio de Janeiro, 1884.

Casa de pensão. Rio de Janeiro: Tip. Militar de Santos e Cia., 1884.

Memórias de um condenado. Ouro Preto: Liberal Mineiro, 1886.

O coruja. Rio de Janeiro: Montalverne, 1887.

O homem. Rio de Janeiro: Adolfo de Castro e Silva, 1887.

O cortiço. Rio de Janeiro/Paris B. L. Garnier, 1890.

A mortalha de Alzira. Rio de Janeiro: Fauchon, 1894.

Livro de uma sogra. Rio de Janeiro: Domingos de Magalhães, 1895.

Girândola de amores. Rio de Janeiro: H. Garnier, 1900. (Título definitivo de *Mistérios da Tijuca*.)

A condessa Vésper. Rio de Janeiro/Paris: H. Garnier, 1902. (Título definitivo de *Memórias de um condenado*.)

Matos, malta ou mata? Rio de Janeiro: Nova Fronteira/Fundação Casa de Rui Barbosa, 1985.

Contos

Demônios. São Paulo: Teixeira e Irmãos, 1893.

Pégadas. Rio de Janeiro/Paris: H. Garnier, 1897.

Teatro

Os doidos (em parceria com Artur Azevedo). *Revista dos Teatros*, Rio de Janeiro, n. 1, 1º jul. 1879.

A flor de lis (em parceria com Artur Azevedo). Rio de Janeiro: Magalhães & Cia., 1882.

Fritzmarck (em parceria com Artur Azevedo). Rio de Janeiro: Luís Braga Jr., 1889.

Fluxo e refluxo. Almanaque Garnier, Rio de Janeiro, 1905.

Casa de Orates (em parceria com Artur Azevedo). *Revista de Teatro*, Rio de Janeiro, n. 289, 1956.

Teatro de Aluísio Azevedo e Emílio Rouède. São Paulo: Martins Fontes, 2002. (Contém as peças *Lição para maridos* e *O caboclo.*)

Crônicas e epistolário

O touro negro. Rio de Janeiro: F. Briguiet, 1938.

Viagem

O Japão. São Paulo: Roswitha Kempf, 1984.

Traduções

A Brazilian Tenement. Trad. de Harry W. Brown. Nova York: Robert M. McBride, 1926.

El conventillo. Trad. de Benjamin de Garay. Buenos Aires: Editorial Nova, 1943.

Osada na Predmesti. Trad. tcheca de Jaroslav Rosendorfsky. Praga: Statni Nakladatelstvi, 1957.

Dvoriste. Trad. para o servo-croata de Josip Tabak. Zagreb: Zora, 1959.

Le Mulâtre. Roman brésilien. Trad. de Manoel Gahisto. Paris: Plon, 1961.

Der Mulatte. Trad. de Michael O. Gusten. Berlim: Verlag Volj und Welt, 1964.

The slum. Trad. de David H. Rosenthal. Oxford: Oxford University Press, 2000.

Bibliografia básica sobre Aluísio Azevedo

ARARIPE JÚNIOR. *Literatura brasileira, movimento de 1893.* Rio de Janeiro: Democrática Editora, 1896. p. 147-48.

_____. A terra de Zola e *O homem* de Aluísio Azevedo. *Obra crítica.* Rio de Janeiro: Ministério da Educação e Cultura/Casa de Rui Barbosa, 1960, vol. II. p. 25-90. O estudo saiu originalmente em *Novidades*, Rio de Janeiro, 1888.

BARBOSA, Domingos. Aluísio Azevedo. *Revista da Academia Maranhense de Letras*, 1919, vol. II. p. 80-90.

BEVILACQUA, Clovis. *Épocas e individualidades.* Recife: Quintas, 1889. p. 147-70.

BOSI, Alfredo. *História concisa da literatura brasileira.* 2. ed. São Paulo: Cultrix, 1978. p. 209-14. (1. ed. em 1970.)

CAMINHA, Adolfo. *Cartas literárias.* Rio de Janeiro: Tip. Andina, 1895. p. 6-7.

CARPEAUX, Otto Maria. *Pequena bibliografia crítica da literatura brasileira.* Rio de Janeiro: Ministério da Educação e Saúde, 1951. p. 143-45.

_____. *História da literatura ocidental.* Rio de Janeiro, O Cruzeiro, 1963, vol. V. p. 2406.

DANTAS, Paulo. *Aluísio Azevedo, um romancista do povo.* São Paulo: Melhoramentos, 1954.

DUARTE, Urbano. Casa de pensão. *Gazeta Literária,* Rio de Janeiro, 10 ago. 1884.

CARVALHO, Aderbal de. *O naturalismo no Brasil.* Maranhão: Julio Ramos, 1894. p. 149-85.

CARVALHO, Ronald de. *Pequena história da literatura brasileira.* Rio de Janeiro: F. Briguiet, 1919. p. 317-18.

CASTRO, Tito Lívio de. *Questões e problemas.* São Paulo: Empresa de Propaganda Literária Luso-brasileira, 1913.

CAVALHEIRO, Edgard. *Evolução do conto brasileiro.* Rio de Janeiro: Ministério da Educação e Cultura, 1954. p. 28.

FREITAS, Bezerra de. *Forma e expressão no romance brasileiro.* Rio de Janeiro: Pongetti, 1947. p. 246-54.

GRIECO, Agripino. *Evolução da prosa brasileira.* 2. ed. Rio de Janeiro: José Olympio, 1947. p. 77-79. (1. ed. em 1933.)

LIMA, Herman. *Variações sobre o conto.* Rio de Janeiro: Ministério da Educação e Saúde, 1952. p. 76.

LINS, Álvaro. *Jornal de crítica: 2ª série*. Rio de Janeiro: José Olympio, 1943. p. 138-52.

MAGALHÃES, Valentim. *Escritores e escritos*. Rio de Janeiro: Carlos Gaspar da Silva, 1889. p. 75-117.

_____. *A literatura brasileira*. Lisboa: Parceria Antonio Maria Pereira, 1896. p. 22-24.

MAIA, Alcides. *Romantismo e naturalismo através da obra de Aluísio Azevedo*. Porto Alegre: Globo, 1926.

_____. Discurso de posse. *Discursos acadêmicos*. Rio de Janeiro: Civilização Brasileira, 1935, vol. III. p. 9-35. (Escrito em 1914.)

MARTINS, Wilson. *História da inteligência brasileira*. São Paulo: Cultrix/Edusp, 1978, vol. IV. p. 102-04, 119-23, 189-92, 248-50, 334-36, 339-41, 493-95 e 543-44.

MENEZES, Raimundo de. *Aluísio Azevedo. Uma vida de romance*. São Paulo: Martins, 1958.

MÉRIAN, Jean-Yves. *Aluísio Azevedo. Vida e obra (1857-1913)*. Rio de Janeiro: Espaço e Tempo/Instituto Nacional do Livro, 1988.

MERQUIOR, José Guilherme. *De Anchieta a Euclides*. Rio de Janeiro: José Olympio, 1977. p. 114-15.

MOISÉS, Massaud; PAES, José Paulo (orgs.). *Pequeno dicionário da literatura brasileira*. São Paulo: Cultrix, 1967. p. 63-64.

MONTELLO, Josué. *Aluísio Azevedo*. Rio de Janeiro: Agir, 1963. (Coleção Nossos Clássicos.)

MONTENEGRO, Olívio. *O romance brasileiro*. Rio de Janeiro: José Olympio, 1938. p. 61-70.

MOTA, Artur. *Vultos e livros*. São Paulo: Monteiro Lobato, 1921. p. 81-95.

PACHECO, João. *O realismo (1870-1900)*. São Paulo: Cultrix, 1963. p. 133-39.

PEREIRA, Lúcia Miguel. *Prosa de ficção (de 1870 a 1920)*. *História da literatura brasileira*. Rio de Janeiro: José Olympio, 1949. p. 133-49.

SALES, Herberto. *Para conhecer melhor Aluísio Azevedo*. Rio de Janeiro: Bloch, s. d.

VERÍSSIMO, José. *Estudos brasileiros: 2ª série*. Rio de Janeiro: Laemmert, 1894. p. 2-41.

_____. *Estudos de literatura brasileira: 1ª série*. Rio de Janeiro/Paris: H. Garnier, 1901. p. 27-50.

_____. *História da literatura brasileira*. Rio de Janeiro: Francisco Alves, 1916. p. 354-57.

_____. *Letras e literatos*. Rio de Janeiro: José Olympio, 1936. p. 59-64. (Escrito em 1913.)

ÍNDICE

Os contos de Aluísio Azevedo: entre o
Realismo e o Naturalismo.. 7

Demônios... 27
Vícios.. 59
Último lance... 67
O macaco azul.. 73
O impenitente... 81
Pelo caminho.. 87
Resposta.. 93
Aos vinte anos.. 99
Heranças... 105
A serpente... 113
No Maranhão.. 123
Uma lição.. 129
Fora de horas... 143
Inveja... 151
Polítipo... 155
Das notas de uma viúva... 161
Insepultos.. 167
O madeireiro... 173
Músculos e nervos.. 181
Como o demo as arma.. 185

Biografia... 191
Bibliografia.. 193

CTP • Impressão • Acabamento
Com arquivos fornecidos pelo Editor

EDITORA e GRÁFICA
VIDA & CONSCIÊNCIA

R. Agostinho Gomes, 2312 - Ipiranga - SP
Fone/fax: (11) 2061-2739 / 2061-2670
e-mail:grafica@vidaeconsciencia.com.br
site:www.vidaeconsciencia.com.br